Les 1001 vies du vintage

Éditions Kiwi
5, rue de Charonne, 75011 Paris

Directeur éditorial : Édouard Frison-Roche
Responsable éditoriale : Katia Kaloun
Édition : Anne Bianchin
Création graphique et mise en pages : Charlotte Thomas

ISBN : 978-2-37883-137-0

AURÉLIE VASSY

Les 1001 vies du vintage

Le guide engagé de la mode
de seconde main

KIWI

Sommaire

Préface

Les 1001 vies du vintage est une formidable occasion de comprendre à quel point le *vintage* et la seconde main sont tendances ! Chère lectrice, cher lecteur, vous pourrez découvrir que la mode peut-être conçue différemment. Aurélie et moi sommes toutes deux des professionnelles de la mode d'occasion et, lorsqu'elle m'a proposé d'écrire cette préface, j'ai saisi l'opportunité – avec enthousiasme – de m'exprimer et de transmettre un peu de mon histoire. Cette passion commune pour la mode de seconde main, je la retrouve dans ce livre. Dans mon parcours, non sans embûches, une des premières étapes marquantes a été « La Nouvelle Star », ce télécrochet de M6 où je termine parmi les finalistes, qui sera très formateur et qui confirmera mon aisance sur une scène... Je décide de me mettre au boulot tout en gardant ma liberté et mon âme d'artiste... Quel job réunit tout cela, me direz-vous ? Acheter et vendre des vêtements de luxe ! L'art de dénicher des pépites dans le placard de Madame Tout-le-monde, de les revendre avec pour seule force des photos et vidéos attractives ! Mon terrain de jeu ? Leboncoin et eBay, pour commencer, et très rapidement Facebook, qui a été un vrai tremplin puisque le concept simple de se faire connaître par « les amis de vos amis » a été idéal pour mon activité. Je me retrouve à vider le placard de mon propre réseau, et celui-ci s'étend ; on appelle ça le bouche-à-oreille.

Le premier *showroom* que j'ai ouvert faisait 9 m², une petite pièce partagée avec une coach de sport sur la prestigieuse avenue Foch, puis 30 m², avenue Kléber, et très vite 60 m², plus tard 150 m² en face du parc Monceau. Nous voici aujourd'hui, ma *team* et moi-même, au cœur du triangle d'or, dans un somptueux espace de 350 m², avenue Georges V, où se mêlent boiseries sur mesure *from Lisboa*, des trésors de sacs et autres accessoires dénichés aux quatre coins du monde, et surtout une équipe de vingt-cinq personnes motivées, ambitieuses et généreuses !

Une des notions récurrentes qui me revient quand je parle seconde main, c'est celle de *détox*. Comme je parle souvent bien-être, je trouve qu'il y a de l'intérêt à se *détoxer* dans tous les sens du terme. À l'heure où l'on mange bio, où l'on avale des compléments alimentaires, où l'on fait du yoga, évidemment, on *détox* aussi son placard ! L'ADN commun, c'est le bien-être, le mieux consommer : *less is more !*

La seconde main n'a jamais été aussi moderne, tout compte fait !

Beverly Sonego,
fondatrice de Monogram Paris.

Avant-propos

De septembre à décembre 2017, nous préparions, avec mon associé, la vente aux enchères des biens personnels de la célèbre actrice Michèle Morgan. Elle avait fait son dernier adieu un an plus tôt. Cette vacation prit la forme d'un voyage dans la vie de cette grande dame, en empruntant les chemins offerts par ses objets, ses souvenirs ou encore ses livres. Ainsi, au cours de la lecture du livre autobiographique *Avec ces yeux-là*, une anecdote de la vie de Michèle Morgan frappa profondément mon esprit. Les cinéphiles vous rappelleront que son premier rôle fut dans le film *Gribouille* (1937, de Marc Allégret). À la lecture, Michèle Morgan relate à la première personne et au présent son état d'esprit avant le grand moment du premier casting pour *Gribouille*. L'action se situe en 1936 : « Je ne possédais d'un peu bien qu'un petit ensemble gris clair, payé avec mes cachets de figurante. Je le regarde, je le vois pour la première fois. Sur le dossier de la chaise, comme il fait fatigué, tristet, mon petit tailleur de confection ! Ainsi s'appelait le prêt-à-porter, qui était loin d'être ce qu'il est aujourd'hui. Ce n'était pas un certain luxe mis à la portée de tous, mais plutôt une certaine médiocrité de tissu, la finition, la coupe restant certainement ce qu'il y avait de mieux ; à ceux qui n'avaient pas les moyens d'avoir leur tailleur, leur couturière, la maison de couture étant réservée aux crans supérieurs, cela permettait de suivre la mode[1]. »
La condition du vestiaire de Michèle Morgan en 1936 est à l'image de celui de la majorité des Français : restreint, limité, « tristet ». Mais l'absence de qualité et de quantité du vestiaire n'était pas le signe d'une pauvreté financière pour Michèle Morgan, puisque ses parents étaient commerçants. Ainsi, la confection apportait un effet de coupe pour suivre la mode : on captait les échos, les ombres, les effets distants de cette création artistique lointaine appartenant aux maisons de couture.

Michèle Morgan aurait eu cent ans le 29 février 2020. Quel regard aurait-elle porté sur la condition du vestiaire de nos contemporains ? Cette question fut le point de départ de l'écriture de cet ouvrage. Le dressing du XXIe siècle est, en effet, à l'opposé de celui décrit en 1936 : nous sommes passés du restreint à l'extrême choix, du limité à la multiplication des achats, du triste au flamboyant.

1. Marcelle Routier, Michèle Morgan, *Avec ces yeux-là*, Paris, Robert Laffont, 1977.

J'allais proposer à l'encan les vêtements et les accessoires de Michèle Morgan. Je m'apprêtais donc à mettre son vestiaire sur le marché de la seconde main. Lors de cette préparation, telle l'archéologue de la vie des vêtements de cette grande actrice, je m'efforçais de retrouver l'année, la projection d'un film, l'anecdote personnelle. J'avais sans cesse en tête : « Que penserait-elle de la description de son manteau ? », « Trouverait-elle que ses boucles de ceinturon sont suffisamment mises en valeur ? »... Je me sentais responsable de la transmission, de la passation des objets. Je voulais leur donner le discours adéquat, la datation et la part d'histoire qu'ils méritaient. La présence de Michèle Morgan en tant que propriétaire des vêtements – nous expertisions les habits et accessoires dans son appartement de Neuilly – et notre rôle de passeurs d'objet dans les enchères ont engendré chez moi de larges réflexions sur le vêtement et ses vies.

Préparer la passation suppose une forme d'état des lieux exact de ce que l'on propose de vendre. Le travail de préparation du catalogue se dessine ici : lister, mesurer, décrire, estimer. En abordant la description des carrés Hermès de Michèle Morgan, certains mystères apparurent alors. L'ancienneté des carrés ne nous permettait pas d'en connaître les noms, les dessinateurs, les années. Cette constatation nous conduit à demander conseil auprès du service du patrimoine de la maison Hermès. Ainsi, nous découvrîmes que celui que nous avions nommé *Astrolab*, s'appelait en réalité *Univers*. Il fut adjugé pour la somme de 1 375 € (frais compris[2]). Le feu des enchères le fit ainsi entrer dans le top 10 des records de carrés Hermès en France. Pourquoi un tel prix ? Est-ce la signature de la maison, la rareté de l'édition, l'état parfait de conservation ? Est-ce la provenance de l'éternelle actrice de *Quai des brumes* ? Cet objet allait entrer dans un nouvel espace, celui de la transmission de propriété. Datant de 1949, ce carré de soie de si petite taille allait sortir du domicile de Michèle Morgan. Mais plus encore, il allait quitter l'appartenance à son corps – ce corps dont il avait délicatement et élégamment enveloppé le cou durant plus de soixante ans. Combien de mains prendront

2. Les précédents résultats pour un carré de soie Hermès 90 x 90 cm aux enchères en France sur dix ans (frais compris pour chaque vente) :
Cornette de Saint Cyr, 3 juillet 2017, carré *Maréchal Officier*, 1 159 €.
Artcurial, 16 décembre 2014, carré *Les Joies de la montagne*, 1 300 €.
Artcurial, 5 juillet 2014, carré édition spéciale pour les 24 Heures du Mans, 1 170 €.
Artcurial, 21 mai 2013, carré *Les Races de chevaux*, 1 039 €.
Artcurial, 30 octobre 2012, carré *Épopées*, 1 158 €.
Artcurial, 30 octobre 2012, carré *Guerre et Paix*, 1 416 €.
Artcurial, 15 novembre 2011, carré *Le Jeu du steeple-chase*, 2 583 €.
Artcurial, 15 novembre 2011, carré *Huppes*, 1 530 €.
Artcurial, 11 mai 2011, carré *Les Joies de la montagne*, 1 913 €.
Artcurial, 9 novembre 2010, carré *Carrosses*, 1 230 €.
Artcurial, 9 novembre 2010, carré *Les Chats*, 1 476 €.
Artcurial, 9 novembre 2010, carré *Edward Rex*, 1 476 €.
Artcurial, 7 novembre 2010, carré édition pour Peugeot, 1 530 €.

possession successive de ce carré dans les années à venir ? Combien de vies va-t-il désormais expérimenter ? Nous ne le saurons jamais...

Le mot « adjugé » fut prononcé par le commissaire-priseur – désignant le nouveau propriétaire du carré Hermès *Univers* – et je fus instantanément saisie par une vérité : il en était de même avec tous les vêtements et accessoires *vintage*, ils sont échangés par des milliers de mains, transmis pour un temps limité ou long. Bien sûr, je participais à des ventes aux enchères spécialisées dans ce domaine depuis 2013, je n'étais donc pas novice en la matière. Mais les révélations apparaissent aussi de façon fortuite. Cet instant de fulgurance, durant la vente aux enchères des biens personnels de Michèle Morgan, révéla la qualité de la passation : unique et essentielle. L'expérience d'achat de la mode de seconde main – au sein d'une boutique *vintage*, sur un site Internet *pure player*, une application mobile – est une nouvelle marque apposée à l'histoire de l'habit. Les sens – le toucher, la vue –, ainsi que les souvenirs de l'acte d'achat et de revente sont autant de moments qui, eux, resteront de ce passage. Si nos vêtements sont voués à être revendus un jour, tel le dressing de Michèle Morgan, alors assurons-nous de jouir de chacune des expériences qui marqueront leur temps sur nos corps et nos esprits.

Intro-duction

Le vêtement déjà porté – de seconde main – est désormais couronné, désiré, marketé, envisagé comme le nouvel achat de mode et *à la mode*. Il était auparavant voué à perdre sa valeur marchande et sa distinction : c'était le rebut du système de production de la mode. Voilà un changement, un vrai...
Laissons-nous le temps de situer la scène que nous, contemporains, vivons. Nous parlons ici de tous les habits ou accessoires de mode revendus une seconde fois (la première fois étant dans la boutique, le *retail*, le neuf). La scène est mondiale, sans limite géographique, ni temporelle : un sac à main, situé à Dijon, peut être vendu à un acheteur vivant à Dallas, à trois heures du matin, un dimanche de Pâques. Elle comprend deux grands groupes de protagonistes : le groupe des acheteurs et vendeurs des produits de seconde main, et les agents commerciaux de ces échanges (boutiques, sites, applications).

La substantifique moelle du vêtement d'occasion est cette « main » qui saisit l'objet, le déplace, l'échange et le passe à une autre pour lui redonner une nouvelle vie. La nouvelle valorisation des habits et accessoires *vintage* est une révolution. En effet, la seconde vie de la mode est révélée par un nouvel espace d'apparence : Internet et notamment les applications mobiles. Consommer de la mode d'occasion est devenu une norme sociale ainsi qu'une règle de conduite dans la logique de l'économie circulaire. Désormais, nous sommes face à une nouvelle gestion collective de la propriété du vêtement. Enfin, le marché de la mode *vintage* est multiple. Il se divise en une diversité de gammes, de catégories de produits et offre une large variété de relations marchandes.

#vintage est la nouvelle langue des temps modernes. Ce mot-clé utilisé sur Internet révèle les produits *vintage* par le *hashtag*, étiquette linguistique et symbolique. Le partage d'informations ne se fait plus uniquement par l'écrit ou l'oral, il se fait aussi via le web, à l'échelle planétaire : le *hashtag #vintage-style* générerait plus de quinze millions de posts sur Instagram ; le *hashtag #vintagefashion* plus de sept millions. La majorité des transactions de la mode d'occasion se réalise par le clic sur un écran d'ordinateur et l'empreinte digitale du téléphone. Les acteurs de cette nouvelle économie sont des sites Internet et des applications mobiles dont les portes d'entrée et les toitures

sont bâties de code html (*hypertext markup language*). Vieux vêtements et monde moderne, créations d'un temps passé et rapidité des transactions quotidiennes, espace virtuel pour des objets bien réels… Telles sont les contradictions de l'espace dédié à la seconde vie de nos dressings.

Ce guide engagé de la mode *vintage* vous propose de devenir des *passeurs de vêtements* et vous invite à découvrir les bienfaits infinis que nous pouvons y trouver. L'ouvrage donne les clés de la compréhension du nouveau monde du vêtement : comment intégrer dans ma vie cette nouvelle manière de concevoir mon dressing ? Acheter, vendre, recycler, faire durer et donner à nos vêtements mille et une vies… Un amoureux de la mode *vintage* se cache en chacun de nous. La première partie de ce livre comprend un tour d'horizon de l'histoire des fripes et de la mode de seconde main, du XIVe au XXe siècle. Tel un effet de loupe, l'ouvrage éclairera dans un deuxième temps les évolutions du marché de la mode d'occasion depuis 1995 et les bouleversements majeurs de la perception de nos habits. Le guide vous accompagne aussi avec un glossaire et des conseils pour être un vendeur engagé et savoir chiner la perle rare *vintage*.

Enfin, la dernière partie de l'ouvrage est entièrement consacrée aux entretiens de seize des acteurs majeurs du marché de la mode *vintage*. Notre sujet de réflexion constitue un fait social évoluant chaque jour, dont les contours et les formes sont modulés par le développement des échanges de vêtements et d'accessoires. Il était essentiel de donner la parole à ceux qui contribuent quotidiennement à façonner ce marché et ainsi ne pas perdre de vue le terrain. Ces contributions écrites ont une valeur quasi photographique de l'événement en cours. Dans le train de l'Histoire, qui file à toute allure, ils ont accepté de se poser dans le compartiment restaurant et de partager un moment de leur voyage.

PREMIÈRE PARTIE

La diffusion de la mode et de la seconde main, du Moyen Âge à nos jours

Le *vintage* : une tendance nouvelle ? Nous serions tentés de penser que nous ne découvrons qu'aujourd'hui la seconde main. Parmi les titres de la presse se retrouvent les expressions « le nouveau *must have* », « le démodé c'est branché », « un phénomène de mode ? », « plus tendance que jamais », « le boom du marché », « l'avenir de la mode », « la seconde main fait fureur », « la fripe et le *vintage*, nouvelles stars des consommateurs ». Un champ sémantique de la modernité s'écrit sur les pages des magazines et des revues. Toutefois, la mode d'occasion n'est ni une nouveauté ni une révélation. Elle dispose d'une histoire. Certes, l'attrait actuel pour sa consommation n'est pas négligeable. L'étude de l'IFM[3] (Institut français de la mode) d'octobre 2019 confirme, d'après l'observation de 1 250 personnes, la forte hausse de la consommation de la mode de seconde main. Le graphique démontre bien une augmentation sur dix années, passant de 15 % à 39 % de personnes ayant recours aux transactions de l'occasion dans la mode.

3. IFM, Paris, octobre 2019. Source : Guinebault, Matthieu, « Quatre Français sur dix sont des convertis à la seconde main », *Fashion Network*, 7 octobre 2019. https://fr.fashionnetwork.com/news/Quatre-francais-sur-dix-sont-des-convertis-a-la-seconde main,1142798.html

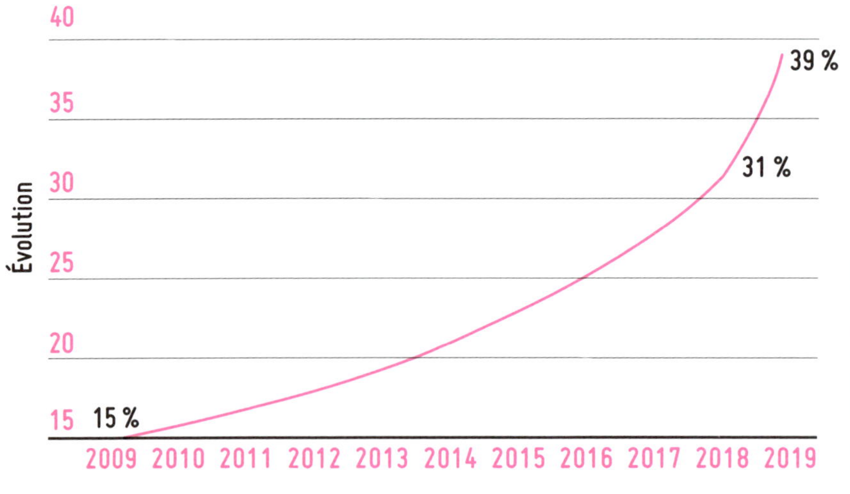

Évolution de la part des clients recourant à la mode d'occasion, d'après une étude de l'IFM réalisée auprès de 1 250 personnes en juin 2019. Source : *Fashion Network*, 7 octobre 2019.

Le pourcentage de 15 % en 2009 est annoncé par cette étude. Ce chiffre paraît faible et indiquerait que, précédemment, nous n'achetions et ne vendions que très peu de vêtements d'occasion. Quel était ce pourcentage en 1800, en 1900, en 1950 ? Il est difficile d'y répondre. La consommation de la mode de seconde main n'a pas fait suffisamment l'objet d'études sociologiques.

Durant les deux derniers siècles, les transactions de nos vêtements en seconde main existent pourtant bien, elles ont forgé le métier reconnu de fripier dont les quelque mille cinq cents représentants offraient à la revente des milliers de vêtements et d'accessoires au Carreau du Temple. Serait-ce un cas d'amnésie collective, dans le but de transformer un phénomène historique et de le renommer en tendance ? L'adoration de ce qui est à la mode est un excellent moyen d'attirer l'attention du futur consommateur sur ce vaste marché économique qu'est devenu la seconde main. Affirmer qu'acheter *vintage* représente une nouveauté confirme le caractère désirable de cet acte : testons, essayons comme ces millions de Français, conformons-nous à la nouvelle norme.

Prenons donc le temps de redécouvrir l'héritage historique que nous ont légué les siècles d'habitude de la seconde main jusqu'à aujourd'hui. Rien de plus habituel et commun que ces vieux vêtements, revendus aux fripiers, adjugés aux enchères ou accrochés aux vitrines des dépôts-ventes...

La seconde main et le vêtement industriel *ready to wear*

En miroir de nos usages, la seconde vie du vêtement a toujours été le reflet de sa première : de la manière de diffuser les modes à la manière de produire, de la manière d'être à la mode à la volonté de s'individualiser. Il y a toujours eu un second cycle car le vêtement est inéluctablement un produit dont la vie est éphémère.

« VIEUX VÊTEMENTS » ET ANCIEN RÉGIME

Le vêtement d'atelier et le vêtement usagé se sont toujours côtoyés. Le terme « fripe » provient de l'ancien français *frepe* et a pour signification première « vieux vêtement ». La durée d'utilisation du vêtement et son état font donc partie de la fripe. Aux origines du commerce et de la fabrication du vêtement, il n'y a que le sur-mesure. Il est soit le produit d'un tailleur, d'une couturière ; soit une production domestique réalisée au fuseau, puis au rouet. Après usage, le vêtement aboutit éventuellement à un second cycle dont les fripiers sont les grands acteurs. « La vente du vieux, revente, regrat, brocante, friperie, se trouvait partout[4] », surtout dans le centre des grandes villes et de la capitale. Une coexistence et une proximité géographique s'observent entre les ateliers produisant et les professionnels du vieux. On trouve alors deux types de fripiers : les fripiers ambulants criant dans les rues et ceux tenant boutiques, appelés « maîtres fripiers ». Comme le stipulent leurs statuts de 1664[5], leur commerce doit impérativement être celui d'objets de seconde main, arrangés ou réparés. Les métiers de tailleur et de fripier sont des activités complémentaires. La normalisation de l'activité de la seconde main par la constitution du métier de fripier, organisé en corporations – avec jurés et maîtrise –, est une manifestation de l'importance du second cycle de la mode.

4. Espinasse, René, *Les Métiers et corporations de la Ville de Paris : XIV-XVIIIe siècles*, Paris, Imprimerie nationale, 1892, p. 421.
5. Espinasse, René, *op. cit.*, p. 423 : « Les fripiers inscrivent tous les objets dont ils font commerce : étoffes, métaux, meubles, en somme presque tout, pourvu que ce soit acheté de seconde main et seulement arrangé ou réparé. »

La seconde main est à l'origine de la diffusion des modes dans toutes les catégories sociales. Dès le XIIIe siècle, la « hiérarchie des apparences se trouve brouillée par la circulation des modes et des vêtements, surtout par l'intermédiaire de la domesticité[6] ». L'Ancien Régime procède par code vestimentaire très strict, relevant de l'appartenance sociale, avec restrictions et obligations de conformisme social. Toutefois, la seconde main échappe à ces codes et se dérobe aux frontières sociales. Les vêtements circulent géographiquement et socialement, atteignant ainsi des personnes n'étant *a priori* pas autorisées à les porter. Le cas des freppes (à ne pas confondre avec le terme de *frepe*, signifiant fripe, expliqué plus haut) est un exemple de circulation de la mode par l'intermédiaire de la domesticité : à la fin du XIVe siècle, « frepper » ses vêtements est la grande mode unisexe de la cour de Savoie. La technique consiste à faire taillader des tissus. L'aristocratie possède l'exclusif privilège de faire frepper ses vêtements et de les porter. Un travailleur manuel portant des vêtements freppés peut

6. Denis, Marie-Noële, « Daniel Roche, la culture des apparences, une histoire du vêtement (XVIIe-XVIIIe siècles), *Revue des sciences sociales*, 2015, numéro 52, p. 164-165.

être poursuivi par la justice – c'est dire comme la « police de la mode » était sévère. Mais un vêtement donné par un supérieur peut être conservé[7].

Les domestiques des châteaux peuvent donc repartir chez eux avec les beaux vêtements dont le maître se désintéresse, utilisant ainsi ces biens usagés pour obtenir un revenu auprès des fripiers ou pour en jouir personnellement. Par l'étroit contact avec la noblesse, puis avec la bourgeoisie ayant accès aux biens de luxe, l'influence de la domesticité dans la diffusion des modes est essentielle à la transmission du goût. La seconde main est déjà le véhicule des tendances et des modes.

En 1789, « les couches populaires intégrées investissent beaucoup dans le vêtement, sous l'influence des domestiques qui commencent à se mettre au meilleur goût, confondant valets et maîtres, maîtres et maîtresses[8] ». La seconde main rééquilibre la distribution des modes, en la diffusant dans la population. « Les sociologues ont cherché à construire des modèles de fonctionnement [de la mode] : le plus fameux est celui de Spencer qui y voit une fuite en avant des classes dirigeantes, celles-ci devant, pour se distinguer des classes inférieures, changer leur norme vestimentaire dès qu'elle s'est répandue dans l'ensemble de la population[9]. »

Le vêtement de seconde main se donne à la vue de tous, il offre à celui qui le porte une perspective différente de lui-même : il déstabilise la pyramide du goût. Or le goût dans la mode constitue un pouvoir symbolique et social. La notion du déplacement hiérarchique du vêtement du maître au valet – ces derniers se confondant – cristallise les tensions dans une France au crépuscule de l'Ancien Régime. Le vêtement de seconde main donne à celui qui le revêt l'enveloppe d'un autre. Il opère une transfiguration physique : le corps épouse la stature sociale de l'habit, se redresse et se tend. Le temps se fige et appartient à celui qui porte l'habit. Sous son regard et celui des autres, le vêtement de seconde main théâtralise cet autre. Si le valet se confond avec le maître, comment différencier l'un de l'autre ? Le maître doit rééquilibrer l'autorité et la servitude en distinguant ses vêtements par la nouveauté. Pour retrouver sa place hiérarchique

7. Gauffre Fayolle, Nadège, « Les freppes : une décoration du vêtement à la fin du Moyen Âge », *Histoire et images médiévales, Le costume et la mode au Moyen Âge*, novembre 2006, p. 66-70 : « On retrouve cette compartimentation hiérarchique dans la législation de l'administration du duché de Savoie, les *Statuta Sabaudie* rédigés en 1430 à l'initiative d'Amédée VIII. Le livre V comprend les règlements et les restrictions vestimentaires liés à la position de l'individu dans la société. Il faut être au moins bourgeois pour arborer des freppes et les travailleurs manuels ne peuvent pas en porter. Toutefois, un bémol est apporté à cette loi puisque toute personne recevant un vêtement freppé d'un supérieur, sous forme de livrée par exemple, peut le revêtir sans être poursuivi. »

8. Boquet, Guy, « Daniel Roche, la culture des apparences, une histoire du vêtement (XVIIe-XVIIIe siècles), compte rendu », *Revue d'histoire moderne et contemporaine*, 1991, 38-4, p. 677-681.

9. Delaporte, Yves, « Pour une anthropologie du vêtement », *Actes des journées de rencontre des 2 et 3 mars 1979*, Muséum national d'histoire naturelle, 1981, p. 3-13.

symbolique, il doit donc constamment rechercher la nouvelle mode. La seconde main influence donc déjà, sous l'Ancien Régime, le renouvellement des modes vestimentaires.

La Révolution française semble avoir supprimé la saveur à se confondre avec le maître. L'humain désire ce qu'il ne peut obtenir, fantasme ce qui lui est inaccessible. Les châteaux réquisitionnés, le mobilier vendu aux enchères, les garde-robes dispersées et le fond sonore de la guillotine... La noblesse a perdu tout attrait. Heureusement, il reste encore la bourgeoisie. Cette dernière deviendra la nouvelle catégorie sociale dictant et inspirant la mode. Parmi les nombreuses libertés apportées par la Révolution, la liberté de se vêtir (loi du 29 octobre 1793, 8 Brumaire de l'an 2) et la liberté d'exercice des professions de la mode seront essentielles au renouveau de la mode. Ainsi libérés des corporations, les professionnels ont la possibilité de produire et de concevoir autant de gammes de produits qu'ils le souhaitent[10]. À partir de 1800, la mode prend peu à peu la forme de marqueur social que nous lui connaissons aujourd'hui, entre mimétisme et différenciation, entre conformisme et affirmation individuelle. La « mode demeure l'illustration la plus utilisée par Simmel (un des fondateurs de la sociologie) pour démontrer la tendance à imiter, à s'identifier à l'autre et la tendance à s'en distinguer dans un mouvement oscillatoire de distance et de proximité[11] ». Les contraintes de l'Ancien Régime n'autorisaient que le conformisme, chacun devant obéir aux prescriptions liées à sa classe sociale, même si de nombreux bourgeois s'identifiaient à la noblesse en copiant allégrement leurs parures et attributs. La proclamation de la liberté personnelle de porter des vêtements va justement offrir le libre choix d'imiter, de se conformer ou encore de se différencier par le biais de la mode.

LA CONFECTION ET LE MARCHÉ DE LA FRIPE

Le XIXe siècle est le siècle de la fripe. Si les transactions étaient faibles au cours des siècles précédents, les échanges de vêtements de seconde main vont considérablement s'accélérer durant le siècle des révolutions industrielles jusqu'à devenir un marché économique puissant. Ce marché est la conséquence de conjonctures uniques : révolution des transports, révolution de la confection industrielle, fin de la corporation du métier de fripier. Le XIXe siècle augmente le nombre de vêtements grâce à de nouvelles inventions. Le métier à tisser Jacquard, inventé en 1801, et la machine à coudre de Barthélémy Thimonnier, en 1836, engendrent la production de vêtements en série. Les

10. Milleret, Guénolée, *Haute Couture : histoire de l'industrie de la création française, des précurseurs à nos jours*, Paris, Eyrolles, 2015.

11. Doucet, Marie-Chantal, *Solitude et sociétés contemporaines : une sociologie clinique de l'individu et du rapport à l'autre*, Québec, Presses de l'université du Québec, 2007.

prix moins élevés permettent une diffusion aux classes plus modestes et une large accessibilité grâce au canaux de distribution que sont les grands magasins : À la Belle Jardinière, ouvert en 1824, Les Trois Quartiers en 1829, Le Bon Marché en 1852, le Printemps en 1865 et les Galeries Lafayette en 1899. La revente est alors « une nécessité, même pour les riches, du fait de l'accélération des changements. Les fripiers reteignent, raccommodent et retapent du vieux en un commerce très lucratif qui se tient autour des Halles[12] ». Calqué sur le rythme de la production et des modes, la seconde main devient donc un moyen de suivre la mode. Plus il y a de vêtements produits, plus il y a de vêtements usagés : tel un jeu de vases communicants, l'industrialisation de la mode a créé le marché de la fripe.

Paris et Londres deviennent de véritables plaques tournantes du commerce de la fripe. L'essor des transports ferroviaires permet de nombreux déplacements de population et de marchandises. Cette révolution des transports réduit les distances géographiques entre les différents lieux d'usage du vêtement (atelier, domicile, puis friperie). En France, le commerce de la fripe prendra place au Carreau du Temple. L'immensité du lieu et sa position au cœur de Paris sont à l'image de l'importance économique de la fripe. Les espaces sont compartimentés par état des objets et qualité ; du plus économique au carré « poux volant » au plus élégant au carré du « palais royal ». Ces derniers vêtements, le plus souvent en parfait état, proviennent des domestiques en ayant hérité de leurs maîtres.

Le rôle d'intermédiaire joué par le domestique semble donc toujours actif au XIXe siècle. La clientèle du Carreau du Temple est à la fois ouvrière et bourgeoise. La fripe est un commerce de la mode comme un autre, on vient y faire de bonnes affaires.

En outre, les enchères de la mode de seconde main sont nées au XIXe siècle. Elles sont le plus souvent la porte d'entrée de la marchandise pour de nombreux fripiers. Les vacations ont donc pour cible les grossistes et les professionnels de la friperie, car la quantité proposée n'intéresse en rien un particulier. Il est intéressant de noter que les vêtements représentent plus de 60 % des biens proposés en nantissement au Mont-de-Piété : dès le XIXe siècle, la valeur des vêtements est source de liquidités. Ces mêmes vêtements reviennent au secteur de la revente de seconde main, par les enchères et les achats des professionnels[13].

Manuel Charpy affirme que « la fripe est apparue au XIXe siècle, en même temps que l'obsolescence du vêtement (avant on reprisait, on retournait ou on

12. Denis, Marie-Noële, *art. cit.*, p. 52.

13. Charpy, Manuel, « Formes et échelles du commerce d'occasion au XIXe siècle, l'exemple du vêtement à Paris », *Revue d'histoire du XIXe siècle*, 2002, p. 125-150.

retaillait)[14] ». Les vêtements dits « tout faits » ont habitué les consommateurs à la confection et à ce qui allait devenir le prêt-à-porter[15]. Cette nouveauté du vêtement « tout fait » est intéressante : il y a donc eu un avant et un après cette notion. Auparavant, le vêtement faisait « corps ». Le subjectif était dans l'objet. L'habit était à la mesure de celui qui le commandait. Une corrélation forte existait entre le vêtement et son propriétaire : porter les habits d'un autre, c'était un peu comme se confondre avec lui. En outre, le vêtement reflétait notre condition humaine, par sa fragilité et son usure irréfragable. « De tous les objets fabriqués par l'homme, le vêtement est l'un de ceux qui disparaissent le plus rapidement après usage[16]. » Avant l'avènement du « tout fait », l'éphémère condition du vêtement rendait sa préservation nécessaire, car il n'était pas aussi facilement remplaçable qu'aujourd'hui. La plupart des individus adultes conservaient leurs vêtements une dizaine d'années, ce qui portait à seulement quatre ou cinq le nombre de tenues renouvelées en une vie. Aussi la notion d'usage du vêtement se confondait avec la condition mortelle du corps de l'homme. On s'efforçait de ralentir cette course vers la destruction pour son vestiaire. On retaillait, on faisait durer, on réparait, on soignait les points de couture. Une véritable médecine du vêtement (avec ses chirurgiens, ses pansements) formait un ensemble d'habitudes de la bonne conservation des habits, des habitudes qui se perdront peu à peu, à mesure que le vêtement « tout fait » s'impose.

Le « tout fait » s'expose dans les boutiques, sur de simples cintres : il est fait pour n'être qu'un objet de vente. Plus besoin du corps pour sa préexistence, il est déjà un tout. Or, si le vêtement peut se porter aussi facilement et s'adresser à la grande majorité, alors il peut se revendre en seconde main au plus grand nombre. Le vêtement « tout fait » a engendré le marché de la seconde main. Tel un uniforme, le vêtement de confection – qui deviendra prêt-à-porter – va s'adapter au corps de tous et pouvoir être revendu d'autant plus facilement.

Au XIXe siècle, les notions de neuf et d'occasion ne sont pas déterminées. Le commerce de la fripe est un maillon du commerce de vêtements. Se procurer un habit, si possible à la mode et en bon état, reste la priorité : peu importe que ce soit au Carreau du Temple ou au Bon Marché. Dès 1830, les malfaçons et les vêtements détériorés provenant du commerce du neuf, de même que les faillites des magasins, fournissent généreusement le marché

14. Charpy, Manuel, « Le marché de la fripe aux XIXe et XXe siècles », conférence donnée à l'Institut français de la mode, le 3 mars 2017.
15. Charpy, Manuel, « Le marché de la fripe aux XIXe et XXe siècles », conférence donnée à l'Institut français de la mode, le 3 mars 2017.
16. Delaporte, Yves, *art. cit.*

de la seconde main[17]. La valeur n'étant pas encore affichée par des écriteaux dans les grands magasins, les achats de produits neuf et ceux de produits d'occasion fonctionnent selon la même logique : découverte de la marchandise, inspection (palper, toucher), essayage, puis enfin définition du prix par jeux de marchandage[18]. Dans un article paru dans le *Figaro*, le 15 mars 1857, Albert Monnier décrit d'ailleurs longuement ces transactions car « l'art d'acheter au Temple exige un apprentissage tant le marchandage fait rage[19] ». Entre friperies et grands magasins, les mêmes usages se perpétuent.

Toutefois, deux événements fixent la frontière entre neuf et occasion : la politique de prix fixes affichés par les grands magasins et la politique hygiéniste soupçonnant les vêtements usagés de comporter un risque sanitaire. « Acheter en vieux revient à endosser les vêtements d'un autre. Nombre d'analystes n'hésitent pas à comparer les fripes à des dépouilles[20] », explique Manuel Charpy. Pour la première fois, un discours scientifique est apposé à la seconde main. Ainsi, « à partir des années 1870, le corps du premier propriétaire fait surface[21] ». On compare alors la confection à la fripe, l'hygiène et la propreté du « tout fait » à celle du vêtement usagé. La présence du corps du précédent propriétaire apparaît négativement : elle s'incarne par les miasmes, les poux et tout ce que le corps peut produire en émanations nauséabondes et désagréables aux sens. Le souvenir de l'ancien propriétaire transforme l'habit en réceptacle du passage de cet autre corps, de ses respirations et transpirations passées, de ses empreintes sensorielles. Cette stratégie avait-elle pour but de limiter l'impact économique de la seconde main et d'en détourner sa clientèle au profit des grands magasins ? Avec pour concurrence l'économie parallèle de la seconde main, le commerce du neuf n'aurait sans doute pas pu poursuivre son développement économique, voire même survivre. La croissance du marché de la fripe devait être stoppée. La volonté de chasser la fripe hors de la ville semble au final plus économique que sanitaire.

Toutefois, l'ancienne appartenance du vêtement est, dans un second temps, redevenue positive grâce au

17. Charpy, Manuel, *art. cit.* : « Enfin, dès avant les années 1830, le commerce en neuf et l'industrie de la confection fournissent leur lot de vêtements détériorés par les inondations ou les incendies, passés de mode ou comportant des malfaçons. Les faillites et les liquidations judiciaires de grands magasins de nouveautés jettent, elles aussi, des milliers d'articles dans le circuit de l'occasion. »
18. Charpy, Manuel, *art. cit.* : « Que le vêtement soit neuf ou de seconde main, les modalités d'appréciation sont sensiblement les mêmes. La cœxistence de marchandises neuves et d'occasion dans les rayonnages de nombreuses boutiques, et la frontière indistincte des activités professionnelles qui fait qu'un même marchand est alternativement "marchand d'habit", "brocanteur d'habit", "tailleur-brocanteur", "tailleur-fripier" ou "tailleur" renforce cette absence d'identification de la marchandise d'occasion. De ce fait, l'apparente familiarité de ce commerce permet de penser qu'une clientèle diversement fortunée et aux attentes multiples fréquente ce commerce. »
19. Cité par Charpy, Manuel, *art. cit.*

20. *Ibid.*
21. *Ibid.*

développement de la brocante. La fin du XIXe siècle est marquée par l'éloignement géographique des marchés de fripes, déplacés en périphérie des villes par des autorités les jugeant contraires à la santé et l'ordre public. Cet éloignement marquerait, selon Manuel Charpy, un nouveau besoin de « sortir » des villes et de revenir dans l'ancien[22]. Le goût de l'ancien, dans un monde où l'on produit désormais tout en neuf (meubles et vêtements) est nouveau. Il est intéressant d'observer ce double effet de repoussoir et d'attirance pour le vieux vêtement. À force d'avoir voulu le déplacer hors de la vue et de l'odorat, il est finalement redevenu désiré, recherché. D'autres lieux de fripes persistent également, soutenus par une clientèle recherchant un autre type de vêtement et poursuivant d'autres buts. Les domestiques souhaitent se confondre avec leur maître, la jeunesse intellectuelle cherche, quant à elle, à se démarquer de la bourgeoisie. Les fripes de la Rive gauche se concentrent sur la rue de l'École-de-Médecine et on y trouve jusqu'à trente petites boutiques dès 1860. La proximité géographique avec le Quartier latin, peuplé d'étudiants et d'artistes le plus souvent désargentés, fera les beaux jours de ces petites boutiques. Le comportement d'achat de l'étudiant du Quartier latin est alors politique et engagé : il devient subversif de s'affranchir de ce qui est « à la mode ». La singularisation de l'individu s'incarne jusque dans ses vêtements. La notion du penseur libre se matérialise dans le tissu et la coupe, le style et l'allure. À la fin du XIXe siècle, l'achat de la seconde main n'est plus un maillon essentiel mais une option dans le circuit du vêtement. Elle ne constitue plus la première opportunité de s'habiller et ne reviendra pas de sitôt sur le devant de la scène. C'est le XXIe siècle qui marquera ce retour, ce *revolvere*.

22. Charpy, Manuel, *art. cit.* : « C'est le temps de la brocante – au sens contemporain du mot – et des antiquaires. Le vieux, partiellement sorti du commerce utile et du paysage urbain pour une majorité de Parisiens, offre désormais le plaisir de l'exotisme et de l'authenticité des objets anciens ennoblis par le temps. »

LE PRÊT-À-PORTER ET LES DÉPÔTS-VENTES

« L'événement majeur de l'après-guerre est l'avènement du prêt-à-porter[23] » (*ready to wear*). Le XXe siècle est donc celui du vêtement « pour tous ». Or, l'habit est le prolongement du corps, il est le reflet de la société. « Il est aussi un signe de l'esprit, de ce que pense une civilisation d'elle-même, de ce qu'elle veut pour l'homme[24]. » Si la pluralité peut entrer dans un vêtement, alors aucune individualité ne se démarque. Le « tout comme l'autre » semble être la nouvelle peau : la fin de la mesure pour chacun au profit du modèle pour tous.

Tout d'abord, la transformation du vêtement en « uniforme » facilite la passation d'une personne à l'autre, elle facilite donc la seconde main. Le

23. Grau, François-Marie, *Histoire du costume*, Paris, Presses universitaires de France, « Que sais-je ? », 2007.
24. Échivard, Jean-Baptiste, *La culture nous aide-t-elle à vivre ?*, Paris, Artège, 2012.

prêt-à-porter est né dans le lit de la guerre, de deux guerres mondiales en réalité. La Première Guerre mondiale a prouvé l'efficacité concrète de la confection couplée au volume de production. En temps de guerre comme en temps de paix, vitesse et quantité semblent donc rester les maîtres-mots. Ainsi, ce principe de base est resté : produire à bas coût des pièces aux tailles standardisées – des uniformes. La fin de la Seconde Guerre mondiale et la Libération « mettent définitivement l'Europe à l'heure américaine[25] », c'est-à-dire à l'heure du *ready to wear*. Il y aurait dû y avoir autant de vêtements en seconde main achetés que de vêtements de prêt-à-porter proposés à la revente. Mais l'effet de vases communicants n'a pas fonctionné. À l'image de l'éloignement géographique, l'habitude de l'achat et de la vente de seconde main n'est pas développée et demeure éloignée du quotidien du grand public. Une spécialisation des professionnels de la fripe avait déjà débuté au XIXe siècle, à travers des niches choisies (vêtements de deuil, d'enfants ou encore vêtements militaires)[26]. Le déplacement dans des espaces de brocantes ou de puces en périphérie a accéléré les deux mouvements : la fripe généraliste et la fripe spécialisée. Pour la grande majorité de la population, s'habiller s'inscrit dans une démarche d'achat de produit neuf, en boutique.

25. Bézard, Catherine, *La Mode pour les nuls*, Paris, First, 2012 : « La Libération et l'après-guerre mettent définitivement l'Europe à l'heure américaine. En 1945, les État-Unis décident de liquider leurs stocks militaires : quatre millions d'articles, du tricot au blouson des soldats, en passant par le si envié bleu-jean et les *flight jackets* de l'US Air Force, sont dispersés en France. »

26. Charpy, Manuel, *art. cit.*

Cet achat découle d'une incitation promotionnelle et commerciale, à savoir de la publicité. Or, les lieux de vente de fripes ne font ni marketing ni publicité. Que deviennent alors les vêtements usagés ou démodés ? La redistribution familiale a probablement permis de libérer l'espace domestique utilisé par les vêtements. Contrairement au XIXe siècle, où les friperies sont abondamment fréquentées par les bourgeois et les classes populaires, et considérées comme des lieux de commerce de la mode à part entière, l'achat de fripes au XXe siècle reste le choix éclairé d'une faible partie de la population, éduquée et aisée, disposant de la connaissance des lieux de vente, de la culture du marchandage et d'un goût pour l'originalité. Seuls des excentriques, des exceptions, des Loulou de La Falaise s'habillent aux puces.

Toutefois, la fin du XXe siècle redistribue les cartes de la seconde main en redonnant de la valeur historique et esthétique aux vieux vêtements : ils prennent alors l'appellation *vintage*. Cette fin de siècle met en effet en lumière l'histoire de la mode, en redonnant leur place artistique aux créations et en leur accordant une valeur patrimoniale. L'histoire de la mode devient objet d'étude et de formation académique, comme en témoigne la fondation de l'IFM (Institut français de la mode) en 1986. La reconnaissance de la mode en tant que patrimoine culturel et objet d'exposition se concrétise avec l'ouverture du musée de la Mode (Palais Galliera) en 1977. Le Musée des arts de la mode ouvre ses portes en 1986 dans le pavillon de Marsan du musée du Louvre ; il deviendra, en 1997, le Musée de la mode et du textile. Cette reconnaissance institutionnelle de la mode comme patrimoine artistique n'est pas exclusive à la France. Ainsi, de l'autre côté de l'Atlantique, Diana Vreeland œuvre dès 1973 au Metropolitan Museum de New York et organise des expositions de créateurs contemporains. Aux enchères, le patrimoine de la mode se dévoile autour de départements dédiés. Ainsi, le 5 juin 1991, l'étude Millon-Robert inaugure un département Haute Couture avec les experts Dominique Sirop et Françoise Auguet. Le titre de cette vente inaugurale rend compte d'une nouvelle focale sur la mode : « La mode dans l'art, 1890-1990, vente de robes du soir Haute Couture, accessoires et arts graphiques de la mode ». À partir des années 1970-1980, une nouvelle exposition de produits de seconde main – haut de gamme et de luxe – se développe dans des boutiques de quartier. La mode d'occasion revient dans les villes et accompagne le nouvel engouement pour l'histoire de la mode.

Situés au cœur des villes, les dépôts-ventes permettent de s'initier à la seconde main dans un cadre accueillant, proche de son domicile, où l'on vient chercher conseils et apprentissage de la mode. Les dépôts-ventes se substituent peu à peu aux anciens monts-de-piété (devenus en 1919 le Crédit municipal). Ce transfert permet à ces boutiques d'offrir à la vente une importante quantité de vêtements, accessoires et bijoux fantaisie.

Autrefois, le nantissement constituait un acte de dernier recours, à valeur morale négative, signant un appauvrissement et un abaissement social. Ainsi, déposer au Crédit municipal frappe le déposant d'un contrat avec l'État, avec une notion de dette. S'adresser au dépôt-vente, à l'inverse, revêt plutôt la forme d'un échange et d'un marchandage équilibré. La satisfaction finale se matérialise par une somme financière et par la fierté d'obtenir la validation du bon goût. Entre le sentiment d'être acculé et celui d'être valorisé... il semble évident que lorsqu'il est question de vendre ses vêtements, le choix du dépôt-vente soit devenu le premier.

Finalement, les dépôts-ventes ont suivi l'évolution de la demande et constituent la suite de la spécialisation de la fripe. Les propriétaires de ces dépôts-ventes ont été pionniers dans le développement d'une expertise et d'une connaissance sur la valeur des produits et leurs contrefaçons. Fort de la garantie de leur professionnalisme et de l'expertise développée, ces enseignes ont été les premiers tiers de confiance dans la seconde main. Les particuliers, conquis, déposent leurs vêtements et accessoires, les sacs à main notamment. La cible du dépôt-vente est locale, elle se trouve à quelques rues adjacentes. Leur emplacement stratégique dans les quartiers bourgeois et cossus est le signe d'une proximité avec la clientèle vendeuse. Le bouche-à-oreille conforte ensuite la confiance accordée.

Ces transactions sont limitées à une catégorie de personnes possédant la connaissance de la mode. Comme l'écrit Roland Barthes, « la connaissance de la Mode n'est pas gratuite : elle comporte pour ceux qui s'en tiennent exclus une sanction : la marque déshonorante du démodé[27] ». Venir acheter dans un dépôt-vente constitue ainsi, pour l'acheteur, un exercice d'apprentissage des codes du goût et du luxe.

La promesse de la marque et le rêve de l'indémodable

Dans le vaste domaine de la seconde main, les fripes représentent la catégorie des vieux vêtements, tandis que le *vintage* frappe l'habit d'une distinction symbolique et historique. Mais le prestige de la marque apporte une valeur symbolique extraordinaire au vêtement *vintage*. Voilà pourquoi, encore aujourd'hui, les professionnels de ce marché scrutent les fripes, les bacs de vêtements, les cartons de liquidation des ventes aux enchères... recherchant la griffe. Porter un habit griffé offre l'accès aux mondes symboliques de la marque et sera la promesse de l'indémodable.

LA GRIFFE

Le XIXe siècle apporte à la mode ce que le XVe siècle et la Renaissance ont apporté à la peinture : la naissance de

---

27. Barthes, Roland, *Système de la mode*, Paris, Le Seuil, 1967.

l'artiste. Le peintre et le tailleur sont tous deux exécutants, ils travaillent de leur main pour la commande d'un client. Produire des copies des tableaux est alors une pratique courante ; produire des copies de robes de couturière le sera tout autant. La corrélation avec la peinture va matérialiser la présence invisible du créateur par la griffe, cette étiquette en tissu portant son nom propre. L'expression « griffe » provient d'une comparaison avec la marque laissée par la trace animale. Diderot, décrivant lors du Salon de 1769 deux tableaux de natures mortes, indique que Chardin rend visible sa présence par sa griffe : « Malheur à celui qui ne sait pas reconnaître l'animal à sa griffe », écrit-il[28]. Diderot recherche « la trace de la griffe du peintre, qui imprime des lignes de traverse, invisibles et inoubliables, sur la toile, transformant l'art en pan de vie[29] ». La transposition de la griffe en peinture à celle du créateur de mode compte bien transformer la mode en art et transfigurer le couturier en artiste. Selon Pierre Bourdieu, « si l'imposition de la griffe [...] transforme de manière quasi magique le statut de l'objet marqué, c'est qu'elle n'est que la manifestation sensible – comme la signature du peintre – d'un transfert de valeur symbolique[30]. »

La Haute Couture et la confection sont nées durant les mêmes années, celles des décennies 1850-1860. Si la confection annihile la relation au corps, la Haute Couture fait de même. La maison Worth supprime cette relation par un artefact, le sosie, ancêtre du mannequin. Par mimétisme, ce sosie doit représenter le futur corps de la cliente et ainsi présenter les collections « incarnées ». Dans un second temps seulement, la pièce sera adaptée aux mesures du corps. Ainsi, l'éloignement entre l'habit et le corps permet de construire le caractère créatif du couturier. Celui-ci impose désormais sa ligne, ses courbes, ses gammes. De plus, Haute Couture et confection partagent les mêmes méthodes de production ; l'une ne va pas sans l'autre. C'est en mimant la confection que Charles Worth pose les bases de la Haute Couture. Olivier Saillard confirme en effet qu'« il [Charles Worth] a regardé aussi le succès grandissant des grands magasins de nouveautés entre 1830 et 1850, qui proposent des modèles de confection préétablis au service de la cliente. [...] Formé à l'expertise des tissus et à la vente, Worth reprend à son compte le principe de robes déjà

28. Guichard, Charlotte, *La Griffe du peintre : la valeur de l'art (1730-1820)*, Paris, Le Seuil, 2018.

29. Kremer, Nathalie, *Traverser la peinture, Diderot-Baudelaire*, Boston, Brill-Rodopi, 2018 : « Dans son Salon de 1769, il décrit "deux très jolis" petits tableaux de fruits en disant : "Il ne faut à Chardin qu'une poire, une grappe de raisin pour signer son nom. *Ex ungue leonem*. Et malheur à celui qui ne sait pas reconnaître l'animal à sa griffe." *Ex ungue leonem* : à la griffe, on connaît le lion. [...] L'exemple de Chardin permet de comprendre comment Diderot recherche dans la transparence de l'art la trace de la griffe du peintre, qui imprime des lignes de traverse, invisibles et inoubliables, sur la toile, transformant l'art en pan de vie. »

30. Bourdieu, Pierre, Delsaut, Yvette, « Le couturier et sa griffe : contribution à une théorie de la magie », *Actes de la recherche en sciences sociales*, numéro 1, 1975, p. 22.

montées que la cliente peut apprécier ou modifier[31]. »

Worth est également le créateur de la griffe et de son utilisation. « Comme un peintre au bas de sa toile signe son œuvre, Worth est le premier à poser une griffe sur ses vêtements. Cette pratique, courante à partir de 1840 dans l'industrie des modistes et des châles, a valeur d'authentification. Elle est innovante dans la couture quand Worth, fort de son tempérament artistique, décide de poser son paraphe en lettres manuscrites sur les rubans épais au creux de la taille des robes, au revers des cols. Seule avant lui Rose Bertin (1747-1813) s'était octroyé de tels droits artistiques[32] », écrit Olivier Saillard. Si le nom du couturier apparaît en premier à la lecture de celui qui lit l'étiquette, l'adresse est aussi toujours indiquée. Puisque le lieu est la sacralisation de la maison, il rend compte de l'espace séculier de la révélation créatrice. La première griffe de la maison Worth participe alors à la caractérisation géographique en indiquant l'adresse exacte et la ville de Paris.

31. Saillard, Olivier, *Le Bouquin de la mode*, Paris, Robert Laffont, 2019.

32. *Ibid.*

Les étiquettes des maisons de couture les plus connues disposent de ces mêmes caractéristiques nominatives et géographiques : le prénom, le nom et le lieu. Si l'annotation de la rue et du numéro constitue un élément important au début de l'histoire de la maison, les décennies suivantes conservent le nom de famille et la ville, Paris. Adieu *Gabrielle, Hubert, Christian, Yves, Pierre*. La présence du créateur impose son prénom, son absence retire la personnalisation pour laisser l'héritage patronymique seulement.

Ainsi, la création de la griffe marque les débuts du marketing du luxe dont Worth est le pionnier. La griffe appose la valeur de la maison, elle est reconnaissable et fait ainsi vivre symboliquement la marque, sans limite de temps ou de géographie. Le vêtement étant un objet mobile, la griffe se lit, fait parler, fait connaître. De meilleurs échanges commerciaux sont donc possibles grâce à elle. Les créations de Worth se sont ainsi revendues en seconde main, comme l'explique Olivier Saillard : « Les bals, les fêtes sont à l'origine d'un renouveau de mode favorable à l'essor de Worth. À cette époque, il est d'usage de porter une toilette une seule soirée. Les femmes de chambre, les caméristes organisent ensuite la vente des modèles, le plus souvent pour l'Amérique, selon une économie qui correspond à celle de seconde main aujourd'hui[33]. » La nouvelle transmission du vêtement est favorisée par l'apposition de la marque ou griffe, car elle permet une valorisation économique de la pièce et une distinction sociale lisible pour la personne qui souhaite la porter en seconde main. La promotion de la maison Worth par la seconde transmission a concouru à la rendre célèbre, créant un effet d'imitation dans l'ensemble de l'industrie de la création de la mode.

Toutefois, l'absence ou la mauvaise inscription de cette signature devient soupçon et disgrâce. Dans le marché du *vintage*, ce discrédit signe le retour au bac de la fripe. L'absence de griffe rend à l'objet sa condition initiale, lui subtilisant tout travail symbolique pour ne compter que les kilos de laine ou de coton. Certaines friperies proposent ainsi à la vente les vêtements au kilo, ne conférant finalement à la pièce que son caractère primaire, le matériau et son poids. Si nous nous bornons à lire les étiquettes sur les choses[34] – littéralement, lire l'étiquette cousue sur cette robe permet de savoir que c'est une « Jeanne Lanvin » –, alors malheur à l'habit qui n'a pas ou plus d'étiquette. Nous n'avons plus les mots pour le lire et le définir.

Dans les multiples vies du vêtement, du domicile à la revente, les propriétaires peuvent décider de retirer volontairement l'étiquette. L'argument de l'inconfort physique intervient souvent.

33. *Ibid.*

34. Bergson, Henri, *Le Rire*, Paris, Presses universitaires de France, 1990, p. 117-118 : « Enfin, pour tout dire, nous ne voyons pas les choses mêmes ; nous nous bornons, le plus souvent, à lire les étiquettes collées sur elles. Cette tendance, issue du besoin, s'est encore accentuée sous l'influence du langage. Car les lots (à l'exception des noms propres) désignent tous des genres. »

Les multiples cas rencontrés lors de nos ventes aux enchères de mode nous ont prouvé que l'absence d'étiquette pour le vêtement amenait inéluctablement à une perte de 80 % de la valeur initiale du produit. Nos clientes sont souvent bien étonnées de voir quelle importance est donnée à ce petit bout de tissu…

Observons maintenant comment sont présentées les pièces sans griffe dans le marché du vintage du XXIe siècle. Nous avons comparé sur trois *pure player* (sociétés dont le commerce est réalisé uniquement sur Internet) les appellations, les catégories et la quantité d'articles « sans griffe » disponibles à une date précise (le 11 avril 2020).

Vestiaire Collective	« Anonyme » 89 articles
Videdressing	« Sans marque » 86 articles
Vinted	« Vintage » 505 articles

Ainsi, sur Vestiaire Collective, 89 objets sont placés dans la catégorie « anonyme », que l'on retrouve grâce à une recherche manuelle. Le terme « anonyme » fait référence aux techniques d'expertise d'objets d'art. Le nom du créateur étant absent – car non reconnaissable –, il est d'usage de nommer l'objet « anonyme ». Sur Videdressing, 186 articles sont nommés « sans marque ». L'utilisation de la conjonction « sans » manifeste une exclusion de l'espace des marques proposées sur le site, prouvant ainsi l'importance de la griffe, qui donne à l'objet sa visibilité : ces articles, comme sur Vestiaire Collective, ne sont visibles que si l'on fait une recherche. Enfin, sur Vinted, les articles sans griffe sont plus de 500 et nommés « *vintage* ». L'utilisation du terme « *vintage* » apporte une connotation positive, esthétique et historique à ces articles, qui font ainsi l'objet d'un discours plus valorisant. La catégorie de produits est ici dix fois plus importante que sur les deux autres sites, ce qui laisse supposer que l'offre et la demande sont conséquentes. Toutefois, cette catégorie, comme pour les deux concurrents, apparaît uniquement suite à une recherche. Cette recherche volontaire s'oppose ainsi à la publicité spontanée de la *home page* et des catégories de recherche affichées : elle impose un choix personnel du consommateur. Les marques resteraient donc l'essentiel des produits de seconde main affichés et proposés sur Internet.

À l'opposé d'un système de classement par marques, le *pure player* Imparfaite suit un modèle repensé pour valoriser la description du produit. Le site ne propose en effet aucune sélection par marque. Les seules sélections se font par catégories d'article, par taille, matière et enfin par qualité d'état. Les vêtements ne sont pas renommés (anonyme, sans marque ou *vintage*). Ils semblent libérés de l'importance symbolique de la marque. Lors d'une étude datée du 27 avril 2020, nous avons remarqué que les trois premiers lots proposés en nouveauté de la semaine sont définis par ce qui constitue finalement leur essence primaire : leur catégorie (robe ou crop top), leur taille, leur prix et leur visuel.

Imparfaite	
1er lot en avant	Robe à fleurs. Taille 38. Prix 59,00 €
2e lot en avant	Body à fleurs. Taille 34. Prix 49,00 €
3e lot en avant	Crop top autrichien. Taille 36. Prix 59,00 €

LE TEMPS DU CRÉATEUR

Si le créateur de mode est un artiste, alors se pose l'épineux problème du système entier de la production de la mode : créer pour dévaloriser la précédente création, créer de la mode bientôt démodée. *L'Encyclopédie* de Diderot et d'Alembert (1765) fait référence à la marchande de modes de Marie-Antoinette : lorsque Rose Bertin était confrontée à une cliente qui discutait le prix de ses créations, elle répondait : « Payez-vous seulement au peintre Vernet sa toile et ses couleurs[35] ? » Mais la valeur artistique se trouve déjà confrontée à une bien triste réalité pécuniaire dans laquelle l'intérêt financier prévaut sur le beau. Paradoxalement, mode et art s'opposent par l'usage et le temps. La permanence de la production artistique a bien du mal à s'appliquer à l'usuel du vêtement. En outre, le marché de la mode instaure un cycle court car il ne peut vivre sans rejeter hors du temps les pièces fraîchement sorties d'atelier. Comment faire survivre et rendre éternelle la création de la mode, tout en stimulant le commerce et les envies d'achat des clientes pour la future collection ? Comment rendre l'éternité à l'éphémère ? Ce sont les archives et les départements patrimoine des marques qui ont joué ce rôle de préservation, de création du discours de la mode et d'ancrage temporel du travail de l'artiste. Ces conservateurs ont transformé les années des créations en périodes lisibles et contextualisé la symbolique des collections dans l'histoire de la mode. Les archives des grandes maisons jouent un rôle de transfiguration du réel : par leur discours, elles transforment le temps du créateur en un temps éternel.

Les pièces recherchées aux enchères sont bien évidemment celles rentrant dans cette catégorie d'archivage du « créateur-artiste ». À titre d'exemple, les collections d'Yves Saint Laurent de 1988 – hommage à Vincent Van Gogh – sont de bons exemples de pièces dont le discours a été savamment construit. Il leur a ouvert les portes du panthéon des œuvres d'art. Les résultats récents aux enchères et la destination d'achat (l'exposition muséale) prouvent que la valeur de la seconde main augmente avec la rareté de la production, associée au discours artistique. L'hommage à un des artistes les plus importants dans l'histoire de l'art – Van Gogh – concourt à faciliter l'assimilation du vêtement à une

35. Saillard, Olivier, *op. cit.*

œuvre d'art à part entière. Ainsi, une veste Yves Saint Laurent de la collection Haute Couture printemps-été 1988 a été vendue 382 000 € (frais inclus) par Christie's. Elle représente le tableau *Nature morte : vase avec quinze tournesols*, de Van Gogh, et a été achetée par la National Gallery of Victoria (Melbourne, Australie). Par cette vente, cette pièce est devenue œuvre d'art, entrant dans la dimension de ce qui perdurera après notre passage. Elle ne pouvait pas le devenir en 1988, au temps de sa création. Sa présentation en seconde main lui donne cette importance historique et cette valorisation extraordinaire (un record mondial). Le discours de l'opérateur de vente, Christie's, accompagnant la mise en vente, est important : il sacralise par les mots ce qui n'est pas visible et rend compte de la part magique de la création. La présentation de la veste indiquait ainsi : « YVES SAINT LAURENT HAUTE COUTURE PRINTEMPS-ÉTÉ 1988 – EXCEPTIONNELLE VESTE "TOURNESOLS" BRODÉE PAR LESAGE ET JUPE EN CRÊPE VERT. Ensemble de soir comprenant la veste "Tournesols" à fond organza jaune entièrement brodée par Lesage de perles de verre, satin de soie et chenille, et une jupe en crêpe vert de la maison Abraham, boutons par Desrues. Hommage à Vincent Van Gogh, passage n° 94 du défilé, mannequin Naomi Campbell. Numéro de griffe : 62101. Provenance : importante collection particulière européenne. »

La qualification « exceptionnelle » appose l'unicité de la création ; on y ajoute les ateliers prestigieux ayant participé aux étapes, tels que Lesage, Abraham, Desrues. L'invisible numéro de la griffe est également donné. On replace la pièce dans son contexte d'apparition lors du défilé : le passage 94, par Naomi Campbell. Un véritable travail du discours de la mode intervient dans la mise en vente et la description. Il permet de donner de la valeur symbolique au vêtement dont l'usage, désormais, ne sera plus d'être porté mais de perdurer en tant que réalisation artistique du temps du créateur. Le vêtement, en devenant œuvre d'art, perd irrémédiablement son rôle pour le corps : il devient objet à vocation éternelle et sera exposé sur un mannequin, représentation factice des formes charnelles.

Toutefois, lorsque la maison de couture n'a pas perduré, le travail de l'expert en mode est de remettre en lumière le passé. Il est le relais culturel, le pilier central de la passation du patrimoine, du poussiéreux grenier à l'entrée muséale. La modalité de la vente aux enchères joue ici un rôle de scène publique essentielle à la diffusion culturelle. Françoise Auguet, experte en mode, a ainsi réalisé un travail de révélation de centaines de pièces du couturier Paul Poiret lors de la vente du 11 mai 2005 réalisée par Piasa et intitulée « La création en liberté : univers de Paul et Denise Poiret ». Azzedine Alaïa exposa dans ses locaux et durant trois jours quelques-uns des modèles proposés à l'encan. Le catalogue déclarait : « Chez Alaïa du 21 au 24 avril. 18, rue de la Verrerie, 75004 Paris, de 11 heures à 18 heures. » Fait exceptionnel, l'exposition de la vente des 521 pièces attira plus de six mille visiteurs à Drouot. Le total de la vente atteignit le chiffre impressionnant de 1 566 490 €. Les pièces ravivées, réveillées avaient retrouvé un nouvel éclat, après un demi-siècle de sommeil dans trois malles. Françoise Auget, après deux années de travail, a réalisé un chef-d'œuvre d'archivage et de préservation, en restaurant, lavant, repassant et présentant muséalement. Le Metropolitan Museum de New York acquit le tiers de la collection. Le musée de Bruxelles, le Musée de la mode au Chili, le musée Louis Vuitton et le Fashion Institute of Technology ont aussi largement enchéri durant cette vacation. Le lot 331, un manteau d'automobile de 1914, estimé à 10 000 €, atteignit le record de 131 000 €.

Aujourd'hui, quels sont les créateurs contemporains qui bénéficient d'une telle qualification artistique ? Sans aucun doute Azzedine Alaïa, John Galliano, Martin Margiela, Alexander McQueen, Rei Kawakubo (Comme des Garçons). Parmi les publications sur la mode, le récent livre de la spécialiste anglaise de la mode *vintage*, Kerry Taylor, sur John Galliano, *Galliano Spectacular Fashion*[36], concourt à transfigurer le rôle pourtant contemporain de ce créateur dans l'histoire de la mode. La dernière vente aux enchères de la maison Artcurial sur Martin Margiela (mars 2019) et les records de vente réalisés prouvent que la valeur du créateur réside dans le caractère artistique de ses créations. « Véritable mise en abyme, le pionnier de l'*upcycling* est aujourd'hui sous le feu des enchères et voit sa créativité, désormais institutionnalisée, revalorisée sur le marché du *vintage* », indiquait le communiqué de presse de la maison Artcurial.

L'exposition de la mode permet la sacralisation des créations et des années du créateur, le tout dans un discours chronologique et discursif. Parmi les expositions, nous pouvons citer celles de ces trois dernières années : « Thierry Mugler Couturissime », au Musée des beaux-arts de Montréal, en 2018 ; « Rétrospective Martin Margiela 1989-2009 » au Palais Galliera, en juillet 2018 ; « Dior, couturier du rêve » au musée des Arts décoratifs, en 2017 ; « Balenciaga, l'œuvre au noir », au Palais Galliera, en 2017. Ces expositions ont mis en lumière et valorisé le travail de créateurs contemporains et de maisons anciennes, en s'adressant aux nouvelles générations tout en pérennisant leur héritage culturel.

36. Taylor, Kerry, *Galliano Spectacular Fashion*, Londres, Bloomsbury, 2019.

LA PROMESSE DE L'INDÉMODABLE

La course à la consommation dans la mode conduit à des excès tel que l'effet *it bag*. Le sac Paddington de Chloé en est le parfait exemple : couronné et vendu à des milliers d'exemplaires, il est finalement abandonné après être tombé en désuétude. Le *it bag* suit la logique du conformisme et du mimétisme dans la mode : plus je vois les autres acheter et porter ce sac, plus je suis poussée à faire de même. Mais les forces sociales régissant la surconsommation d'un produit sont aussi celles qui l'interrompent au profit d'un autre : le *it bag* se démode très vite. Au plaisir d'avoir succombé à l'achat succède la déception, tant économique que sociale. Chaque collection amène sa mode à suivre et sa procession de suiveurs de la première heure.

À l'inverse, la mode *vintage* semble s'extraire du rythme commercial et propose une nouvelle conception du temps dans la mode. Dans le marché de la seconde main, les deux maisons générant le plus de revenus, le plus d'échanges de produits et le plus d'intérêt seraient Chanel et Hermès. Tous les niveaux du marché confortent leurs places dominantes : les sites marchands, les ventes aux enchères, mais aussi les boutiques *vintage* et les dépôts-ventes. Or, ces deux marques ont une devise commune : la promesse de l'indémodable.

Toutefois, tous les *pure player* et toutes les boutiques *vintage* ne proposent bien entendu pas ces deux marques, puisque le marché est assez vaste pour cibler l'ensemble des gammes. Ainsi, Imparfaite et Depop se positionnent sur des produits le plus souvent sans griffe, tout comme la boutique parisienne de fripes Kiliwatch. Vinted, lui, dispose d'un panier moyen de moins de 20 €. En outre, un autre grand nom du luxe, Louis Vuitton, manque à notre tableau. Les produits de cette marque française sont largement échangés et dignes de valeur en seconde main. Ils disposent d'un fort pouvoir de distinction, notamment grâce à leur célèbre toile monogrammée. Les transactions de produits Louis Vuitton sont les plus courantes en dépôt-vente et aux enchères. Toutefois, l'absence de variété de produits et le cadrage des prix limitent notre intérêt : on trouve peu de prêt-à-porter signé LV, peu de petits accessoires (ceintures, bracelets, colliers, broches ou chaussures, dont Chanel, au contraire, renouvelle la gamme entière à chaque collection depuis 1986) ou de peaux exotiques (dont les prix dépassent immédiatement les 10 000 € chez Hermès). Ainsi, le prix moyen d'un sac Louis Vuitton en seconde main se situe entre 200 et 1 000 €, tandis que de nombreuses ceintures Chanel *vintage* atteignent les 5 000 € pièce et que la moyenne des sacs Hermès part de 5 000 € jusqu'à atteindre les records de 200 000 € et plus… Là où Chanel déploie une large gamme et multiplie les produits pouvant toucher différents goûts et publics, Hermès fait le choix d'une sectorisation recherchée. Il en résulte un fossé frappant entre leurs prix et ceux de l'ensemble des produits Louis Vuitton.

Le cas de la maison Hermès est unique puisque ce n'est pas une maison de couture. Son histoire part de la sellerie, continue vers la maroquinerie accompagnant les cavaliers (le sac HAC, haut à courroie), pour enfin se développer aujourd'hui autour de quinze familles de produits (cuir, carrés, cravates, prêt-à-porter homme, mode femme, parfums, montres, papeterie, chaussures, gants, emails, art de vivre, art de la table, bijouterie et, le tout dernier depuis 2020, la beauté). La part de création artistique du créateur est rare mais d'une grande richesse – on peut citer les années de Martin Margiela (de 1997 à 2003) et de Jean-Paul Gaultier (2004 à 2010). Par le geste lié au métier, la main de l'artisan est celle, divine, de la création des œuvres intemporelles. L'unicité est engendrée par l'incarnation unique de chaque artisan, signant notamment les sacs à main de leur code. Ces milliers de mains exécutent la magie de la marque. La continuité est l'une des valeurs phares de cette maison, proposant de façon constante, sur des décennies, les mêmes modèles. Le temps est l'allié, il détermine l'usage, la valeur et la continuité de tous les modèles, du sac à l'art de la table, de la montre aux carrés. Il n'y a pas de jeu de mode et de démode, puisqu'il n'y a pas de jeu de dévalorisation suivi d'un nouveau couronnement. Hermès est l'antithèse du *it bag*. La valeur patrimoniale des créations Hermès est si forte que la marque est l'une des premières thématiques des ventes aux enchères du XXe siècle dédiées à la mode. En France, le cabinet Chombert & Sternbach a développé des ventes Hermès *vintage* dès les années 2000. Cette thématique a été reprise par d'autres maisons de vente, créant par mimétisme des départements dédiés (Artcurial, Christie's) car la fréquentation des enchères, hier comme aujourd'hui, reste un excellent moyen d'accès à la mode. « L'achat ou la simple observation de garde-robes de personnalités du Tout-Paris permet à cette clientèle de s'approprier des modèles, sans crainte des fautes de goût[37] », note Manuel Charpy.

Le cas de la maison Chanel, lui, est intimement lié à la personnalité et au parcours de sa créatrice éponyme, Gabrielle Chanel. Dans une chronique des défilés Chanel, on lit qu'« elle possède au suprême degré l'art d'éviter les fautes[38] ». La volonté particulière de Gabrielle Chanel de prendre le contre-pied des usages signe la promesse de l'absence de faute de goût. En 1920, elle utilise la matière la moins noble – la laine – et la couleur du deuil – le noir – pour ses créations ; en 1954, elle crée le tailleur. L'intemporalité du noir tranche avec la multitude de modes de coloris ; il en est de même pour la création du tailleur, une tenue adaptable à toutes qui, par son caractère uniforme, serait au-delà des modes, plus intemporelle que toutes les autres. Gabrielle Chanel critiquait d'ailleurs les effets négatifs du temps présent et de la mode du jour.

37. Charpy, Manuel, *art. cit.*
38. Saillard, Olivier, *op. cit.*

« À force d'inventer des choses nouvelles, on finit par créer des choses très laides[39] », confiait-elle à la télévision en 1969. Les maisons ainsi pointées du doigt seraient Paco Rabanne et Courrèges. À travers cette sentence, le schéma dans lequel s'inscrit Chanel se dessine et se fixe. D'un côté, la rapidité des choses nouvelles sanctionnées par leur laideur, de l'autre l'assurance du temps, le calme d'une élégance naturelle gratifiant celle qui prend de la hauteur face aux modes et au monde. Est-ce à dire que porter du Chanel – en l'occurrence de seconde main pour la majorité des cas, les prix du neuf s'envolant chaque année – permet de se targuer d'avoir du style ? La force de la maison Chanel a été de construire un cœur de marque dont la magie tient justement à dépasser le cycle court de la distinction de la mode, et ainsi « constituer comme rare, digne d'être recherché, consacré, sacré, légitime[40] » l'ensemble de ses produits.

Dans la lignée de la philosophie des maisons Hermès et Chanel, l'achat de seconde main se détourne de la mode du présent pour rechercher l'intemporalité du passé. La promesse de l'indémodable est le pacte secret que l'acheteur passe avec le produit *vintage*.

39. *Ibid.*

40. Bourdieu, Pierre, Delsaut, Yvette, *art. cit.*

DEUXIÈME PARTIE

La nouvelle vie du vêtement vintage, échangé à l'infini sur Internet et les applications mobiles

Acheter et vendre de la mode d'occasion fait partie de notre quotidien. Pourtant, la littérature concernant ces pratiques est encore pauvre. Lire quelques articles sur l'économie circulaire, se renseigner sur les commissions d'un site spécialisé en vintage, découvrir les promotions de la dernière application d'annonces entre particulier : voilà à quoi se résument nos maigres moyens d'éducation sur ce sujet.

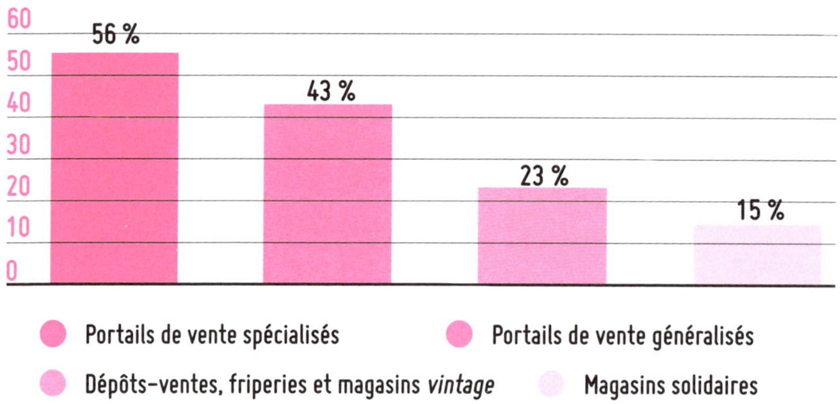

Où les Français achètent-ils la mode de seconde main ?
Source : *Fashion Network*, 7 octobre 2019.

L'étude de l'IFM[41] d'octobre 2019 apporte une analye pointue du marché et confirme une structure en trois parties : un ensemble de sites Internet spécialisés dans la mode d'occasion, des sites généralistes de petites annonces proposant des catégories de mode, et enfin, un ensemble d'acteurs locaux disposant de sites Internet marchands (dépôts-ventes, friperies, magasins *vintage*). Les agents de revente uniquement sur Internet – *pure player* – sont majoritaires (ils bénéficient de 56 % et 43 % de parts de marché).

L'histoire de la mode d'occasion au XXe siècle a pourtant révélé un constat clair : la fripe et les vêtements *vintage* étaient jusqu'ici échangés dans des espaces définis localement (les puces, les dépôts-ventes, les enchères et les boutiques *vintage*), et s'habiller en seconde main constituait une

41. IFM, Paris, octobre 2019. Source : Guinebault, Matthieu, « Quatre Français sur dix sont des convertis à la seconde main », *Fashion Network*, 7 octobre 2019. https://fr.fashionnetwork.com/news/Quatre-francais-sur-dix-sont-des-convertis-a-la-seconde main,1142798.html

niche. Or, ce marché s'est extraordinairement transformé en seulement dix années, il s'est mué en un espace digitalisé, mondialisé et collectivement normalisé. Il s'est également enrichi de considérations environnementales. Le secteur de la mode est le deuxième plus important pollueur au monde : si nous voulons incarner l'idéal du consom'acteur, il est essentiel de comprendre le marché de la mode *vintage* du XXIe siècle dans lequel nous serons amenés à choisir par quel moyen mieux transmettre nos vêtements, leur donner une nouvelle vie et ainsi agir par notre main sur le monde de demain.

Internet, espace de publicité de la mode *vintage*

Le marché du *vintage* a été particulièrement transformé par ce nouvel espace, aux échanges illimités et directs entre des millions de personnes. En moins de vingt ans, Internet a ouvert un nouveau monde économique aux vêtements et accessoires. Nous avons désormais accès aux dressings du monde entier.

LES ANNONCES ENTRE PARTICULIERS

Depuis le XIXe siècle, le marché de la mode d'occasion fonctionnait sur un axe vertical, avec pour unique vecteur le professionnel (fripier, dépôt-vente, opérateur de vente aux enchères). Ce dernier centralisait, tel un pilier, les relations entre vendeur et acheteur par son jugement, sa capacité à prendre et à remettre en vente la marchandise. Les échanges étaient schématisés ainsi : lors de la première transaction, le vendeur A s'adresse au professionnel B, le vêtement X est placé dans un espace-temps indéterminé avant de trouver un nouveau propriétaire. Ensuite, lors de la deuxième transaction, le professionnel B s'adresse à l'acheteur C, le vêtement X fait l'objet d'une nouvelle transaction et appartient désormais à l'acheteur C. Le professionnel de la seconde main était ainsi le pivot de la transaction. Il fractionnait le temps de la passation du vêtement, de l'ancien au nouveau propriétaire par sa présence et sa géographie. Le professionnel était le seul à avoir le contrôle sur l'ensemble de la transmission ; contrôle de la valeur du bien usagé, déterminée en amont et en aval, contrôle de la définition de l'espace-temps d'attente du nouveau propriétaire (les lots peuvent être revendus dans la journée ou sur plusieurs années), contrôle de la mise en scène de la revente ou encore du discours sur l'objet de seconde main (la provenance, l'état, la notion de *vintage*).

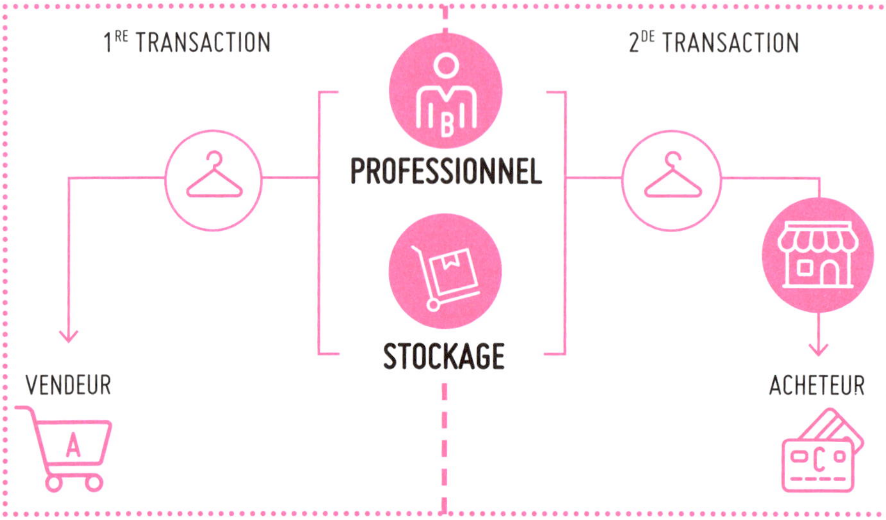

Internet a *horizontalisé* le marché de la mode d'occasion, créant un flux *one to one*, de particulier à particulier. Les deux points, vendeur A et acheteur C, partagent une relation directe sur la transaction du vêtement X. L'analogie informatique avec le *peer to peer* est ici évidente, puisque c'est un modèle d'échange dans lequel les entités sont égales. Les deux protagonistes – vendeur et acheteur – disposent tous deux de la même accessibilité aux annonces, la porte d'entrée virtuelle de la transaction est donc la même. En outre, Internet permet une égalisation des rôles : acheteurs et vendeurs peuvent indistinctement en changer et basculer de l'un à l'autre.

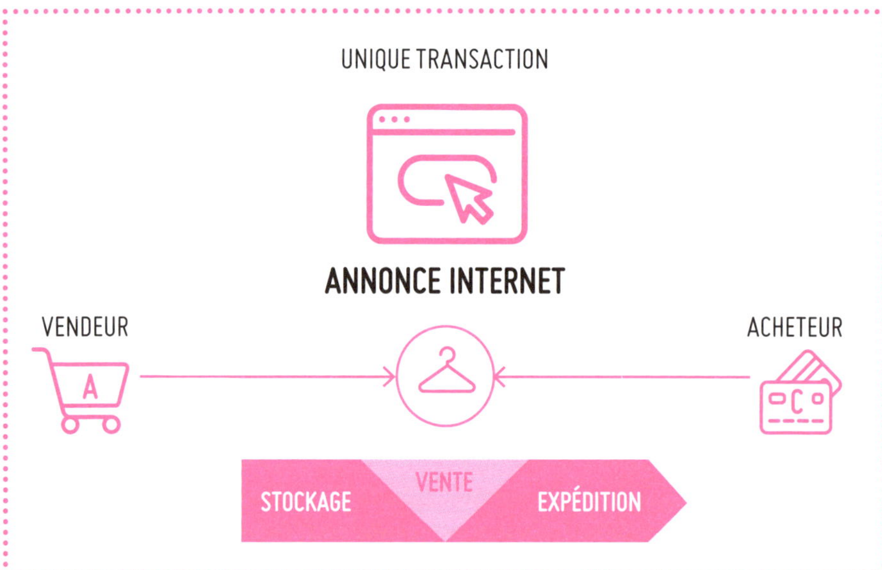

Ainsi, les obligations, les missions et les enjeux du professionnel ont été redistribués aux deux parties, vendeur et acheteur. Internet a donc transformé l'individu en entreprise individuelle et lui a donné la liberté économique de délimiter son marché (quoi vendre et comment ?), de fixer ses prix (comparer la marchandise), de mettre en scène ses produits, de les décrire (avec un rôle clé dans le vêtement et les accessoires : certifier l'authenticité) et enfin de gérer sa distribution (les premières expéditions de colis). La vraie révolution tient dans ce grand renversement de l'ordre établi.

L'horizontalité a été engendrée par un site Internet américain pionnier : eBay, créé en 1995. Une combinaison parfaite est à l'origine de son succès mondial : un espace gratuit permettant des échanges entre particuliers et la vente par le biais d'un marchandage électronique, les enchères. Ce site a pu se développer aux États-Unis car la législation des enchères n'est pas aussi restrictive qu'en France (il n'y a aucune obligation légale liée à leur pratique). Ce modèle aurait été inconcevable en France tant la profession répond à des obligations déontologiques et légales contraignantes. eBay a permis l'apprentissage du nouveau statut de vendeur-acheteur et a joué le rôle d'influenceur. Tous les sites d'annonces et de reventes entre particuliers actuels sont les fils spirituels d'eBay. Une dizaine d'années d'apprentissage, de diffusion des habitudes et du mode de consommation de cette plateforme leur auront été néanmoins nécessaires pour appréhender son héritage. Ainsi, les dates de création des principaux acteurs du marché sur Internet coïncident avec les années 2009-2011 : on peut notamment citer Yoogi's Closet (2008), Vestiaire Collective (2009), Tradesy (2009), thredUP (2009), Videdressing (2009), Rent the Runway (2009), Depop (2011), The RealReal (2011) ou Vinted (2012).

La corrélation chronologique avec la crise de 2008 est ici évidente : la mode d'occasion réapparaît brusquement en 2008. Ces vêtements et accessoires anciens ont sans aucun doute été des sources de liquidité. En outre, la seconde main a permis à de nombreuses personnes d'accéder à des vêtements à bas coût. Les crises financières sont en effet des catalyseurs de solutions économiques. Elles révèlent les moyens mis en œuvre par les humains pour rééquilibrer les échanges de valeur. Au cours de l'histoire, les solutions ont souvent pris la forme de trocs de produits et de revente d'objets d'occasion. Les créations des principaux acteurs du *vintage* sont les conséquences de cette réadaptation de valeur.

Le contexte de création des *pure player* est essentiel à la compréhension du cœur du marché : la confiance. Pour Fashionphile, Vestaire Collective et The RealReal, les fondatrices ont constaté une concurrence directe du modèle qu'elle souhaitait développer : Sarah Davis avait pour concurrents l'ensemble des autres vendeurs d'eBay, Julie Wainwright avait constaté que les *pawn shops* ou prêteurs-sur-gages captaient de nombreux objets de luxe.

Pour le cas de la France, Fanny Moizant, Sophie Hersan et les autres cofondateurs de Vestiaire Collective avaient Leboncoin en ligne de mire. Le site de petites annonces semblerait être l'élément influenceur dans la redistribution des échanges de seconde main français. Leboncoin a en effet permis l'apprentissage de la vente entre particuliers et a libéré la transmission de produits de seconde main du pivot du professionnel historique.

	Fashionphile	**Vestiaire Collective**	**The RealReal**
Année de création	1999 (précédent professionnel sur eBay)	2009 (premier nom : Vestiaire de Copines)	2011
Lieu de création	Carlsbad, Californie, États-Unis	Paris, France	San Francisco, Californie, États-Unis
Fondateur·rices	Sarah Davis	Sophie Hersan Fanny Moizant Alexandre Cognard Sébastien Fabre Henrique Fernandes Christian Jorge	Julie Wainwright
Contexte	Concurrence sur eBay	Leboncoin en France	Culture des *pawn shops* aux États-Unis
Valeur ajoutée	Professionnalisme et travail d'expertise	Apporter la confiance de l'authenticité dans les échanges de la seconde main	Rendre l'expérience de la seconde main sûre et agréable

Les fondatrices que nous venons de citer ont toutes eu la même réflexion essentielle à la seconde main : délestée de l'expérience d'achat dans la boutique de la marque, la pièce de mode de seconde main ne dispose plus de la même certification. L'horizontalité des échanges ne crée pas plus de garantie sur la marchandise : est-ce en bon état, est-ce la bonne taille, et surtout n'est-ce pas une contrefaçon ? Prenant l'exemple d'eBay, Cécile Méadel écrit : « Face à la plate-forme d'eBay, le consommateur est dans une situation transformée : ses informations sur le bien sont formatées par le vendeur et il est privé des appuis ordinaires que lui donnent son contact, l'odeur de la voiture, la texture du papier, la souplesse du tissu, l'emballage avec ses argumentaires. Il est donc confronté avec un bien défini par le regard et l'usage d'un autre, le vendeur[42]. » La nécessité du tiers de confiance est donc apparue à ces cheffes d'entreprise. Elles ont toutes eu l'idée d'endosser le rôle de tiers de confiance en générant du contenu sécurisé (description, photo) et en offrant une garantie de confiance sur la marchandise (authentification, avis positifs, retour et échange). Elles ont choisi d'incarner en personne le tiers de confiance ou ont développé un service d'authentification adapté : Sarah Davis, en tant que vendeuse eBay, expertisait elle-même tous les lots ; Fanny Moizant et Sophie Hersan, mais aussi Julie Wainwright, ont développé un département d'expertise conjointement à la création de leur entreprise. La qualité des personnes auxquelles on confie les postes de certification rend compte de l'importance donnée à la confiance : Graham Weztbarger, l'un des plus grands experts américains, intervenait chez The RealReal ;

42. Méadel, Cécile, « Le marché eBay : qualification croisée des biens et des personnes », *Hermès, la revue*, 2006, numéro 44, p. 79-84.

Jérôme Lalande – seul expert Hermès reconnu – conseille Collector Square ; Victoire Boyer Chammard, responsable du département authentification de Vestiaire Collective, est l'ancienne assistante de l'experte en mode Pénélope Blanckaert.

L'acceptation de la mode *vintage* digitalisée par le grand public est le fruit d'un effet d'imitation. La normalisation de la mise en vente de ses vêtements personnels sur une plateforme Internet a été initiée par des relais d'opinion, confirmant son nouveau symbole écologique et éthique. Ce fut le cas dès novembre 2014 sur Vestiaire Collective, avec la mise en vente des dressings de Cara Delevingne, Kim Kardashian ou encore de Claudia Schiffer pour des associations caritatives. Plus de cinquante personnalités avaient ainsi proposé aux enchères leurs pièces personnelles. Par leur implication, ces personnalités ont servi de relais d'influence et ont consacré la pratique de la seconde main. Ces échanges de produits d'occasion ont alors été imités dans un second temps par une plus large partie de la population.

Les boutiques *vintage* ne semblent pas régies par les mêmes conjonctures que les *pure player*. Les dates précédemment citées ne semblent pas avoir eu d'incidences majeures sur leur développement. Les boutiques *vintage* sont le reflet des parcours personnels de leur gérant. Les fondateurs occupent une place centrale, semblable à l'historique fripier. La relation entre vendeur et acheteur est largement captée par le gérant. Ce dernier apparaît comme seul capable d'expertiser la marchandise et surtout de la placer dans l'écrin de sa boutique. Les boutiques *vintage* misent ainsi sur le capital symbolique du fondateur. Chaque boutique est incarnée par son créateur : Didier Ludot débute en 1984 avec sa boutique parisienne éponyme ; Catherine B avec Les 3 Marches en 1994 ; Seth Weisser et Gerard Maione créent WGACA (What Goes Around Comes Around), avec une première boutique new-yorkaise à Soho, en 1993 ; Isabelle Klein crée Les Merveilles de Babellou en 2005, aux puces de Saint-Ouen et le Londonien William Banks-Blaney ouvre William Vintage en 2010.

PUBLICITÉ DE L'OCCASION ET CONTREFAÇON

La connaissance de la mode sanctionne ceux qui ne l'ont pas. L'effort personnel de compilation d'informations se matérialise dans la lecture d'ouvrages, de magazines de mode, ainsi que dans les démarches d'actualisation des nouvelles collections. Cet ensemble d'activités régulières et chronophages – afin de suivre la mode – différencie ceux qui y prennent part. Les friperies, les dépôts-ventes mais aussi les ventes aux enchères sont des espaces dans lesquels la connaissance de la mode se révèle un atout. En effet, l'acheteur potentiel doit réaliser lui-même l'analyse entre le produit et le prix proposé, l'intérêt esthétique et historique d'une pièce. Toutefois, les *pure player* proposent une vulgarisation combinée à une publicité visuelle. Ainsi, l'adaptation à un grand public non spécialisé du discours de la mode est conjointe à une exposition des images des produits. Précédemment, les vêtements des marques de luxe telle que Gucci, Prada, Fendi n'étaient visibles que sur *Vogue*, *Elle* ou *L'Officiel*. Désormais, ces produits sont largement accessibles – visibles et abordables – sur tous les sites de revente. Les sites Internet réalisent des sectorisations de produits, de gammes, de designers. Ils proposent des explications et des conseils concernant une marque ou une nouvelle mode. Ils donnent ainsi accès à une pédagogie accélérée de la mode. Flâner sur un site de revente de mode d'occasion procure le double bénéfice du pouvoir d'achat et de la satisfaction d'entrer dans un monde jusque-là fermé, clos, olympien.

Les marques dont les produits sont revendus dans le second marché bénéficient indirectement d'un nouveau canal de désirabilité. La seconde main apporte une fantastique vitrine au marché du neuf. Ainsi, Internet uniformise la présentation esthétique des produits en une structure semblable aux e-boutiques des marques : glossaire organisé, recherche facilitée, trame aux codes de la marque, photos professionnelles sur fond blanc, prix affichés. Il serait aisé de s'y tromper, tant la frontière peut être fine entre la présentation des produits neufs et d'occasion. Certaines sociétés, telles que Collector Square, suivent à la lettre les codes du luxe. Dans la boutique parisienne du boulevard Raspail, l'accueil se fait sous le regard et la présence d'un agent de sécurité ; la lumière est tamisée, nos pieds foulent un tapis duveteux et nos yeux découvrent avec délice les sacs à main Hermès et Chanel élégamment posés dans un *merchandising* étudié… La boutique vend pourtant du luxe d'occasion. Aux États-Unis, les *bricks and clicks* The RealReal et Rebag proposent le même type d'expérience dans leurs boutiques.

La seconde main a bousculé la hiérarchie de la connaissance et de l'accès au luxe. Internet a fortement concouru à augmenter la visibilité des marques de luxe, telles que Chanel ou Hermès. La publicité des produits par le biais des annonces et du référencement permet l'affichage en ligne de tous les produits, à tous et de manière constante. Certes, les sacs de la maison Hermès, le Birkin et le Kelly (sac à dépêche, renommé pour la princesse) se sont toujours vendus en dépôt-vente et en boutique *vintage* ; dans les années 1990, ils étaient déjà objets de convoitise pour les amoureux du *vintage*. Toutefois, ces deux modèles sont aujourd'hui les sacs les plus connus au monde grâce à la publicité de l'ensemble des sacs Kelly et Birkin échangés en second marché. Nous sommes toujours étonnés de constater la connaissance incorporée par les jeunes clientes n'ayant pourtant jamais poussé la porte d'entrée d'une boutique Hermès. Elles détiennent un savoir jusqu'ici réservé aux seuls clients de la maison. Elles connaissent tous les modèles, le nom des cuirs, l'appellation des coloris. Les portes du luxe ne sont plus si closes, l'appartenance sociale n'en interdit plus l'accès.

Le cas de la marque Chanel est l'exemple le plus élaboré de la raréfaction et de la limitation de l'expérience du luxe à la boutique. En effet, la maison ne vend aucun produit de prêt-à-porter ni d'accessoires sur son site Internet. Chanel est un cas unique dans l'univers du luxe puisque l'espace de la boutique est conçu pour être l'écrin unique de l'expérience humaine et sensorielle de la symbolique de la marque. Tous les éléments concourent à révéler l'unicité de la relation entretenue entre la cliente et la marque de la rue Cambon : l'adresse prestigieuse dans les plus grandes capitales, la beauté des agencements des boutiques, le professionnalisme et la longévité des vendeuses. Pourtant, la seconde main sur Internet offre la plus grande des vitrines de produits Chanel : ils sont à vendre, immédiatement et ils échappent à l'espace symbolique des boutiques que les ballerines des vendeuses arpentent depuis des décennies. Ainsi, malgré le refus de Chanel d'opérer des transactions digitales pour ses produits, les vêtements et accessoires de la maison sont les plus échangés et revendus sur Internet. La puissance de la revente de la mode d'occasion n'est point jugulable.

Le doute est la conséquence de la publicité de la seconde main sur Internet : il est partout. Dans l'espace virtuel d'Internet mettant en scène des produits bien réels, le visuel de l'objet doit rendre compte de sa réalité et se substituer aux autres sens (palper le tissu, sentir le cuir, entendre le son de la soie). « Il faut donc que le bien parle pour lui ; cela rend totalement central le processus de qualification qui permet de définir ses qualités intrinsèques et extrinsèques, c'est-à-dire à la fois l'objet matériel, mais aussi les conditions de l'échange[43]. » Cependant, un visuel peut se substituer, se copier, se placer là où la réalité est tout autre. Ce monde d'images soumis au jugement d'un seul sens – la vue – arrive à ses limites. Hors d'Internet, le marché entier est construit sur la base de la confiance entre le vendeur et l'acheteur. Dans cet espace, le soupçon sur l'authenticité détériore les échanges et jette l'opprobre sur la mode *vintage*. La maladie de la griffe est sans nul doute la contrefaçon. Aussi, l'autorité de la personne qui expertise est essentielle au marché de la seconde main, qui doit reconnaître les pièces disposant des cachets, marques, traces, signatures. Le respect de l'expertise est un fait social produit par la confiance apportée à l'agent vendant dans la seconde main. Ainsi, aux enchères, un vêtement ne disposant plus de son étiquette sera décrit comme « attribué à » la marque en question (se conformant au décret Marcus[44]) : l'expert sanctionne l'absence de l'étiquette et appose ainsi un doute sur la désignation de la marque. Or, l'autorité donnant le caractère authentique d'un produit diffère selon

43. Méadel, Cécile, *art. cit.*
44. Décret n° 81-255, du 3 mars 1981, sur la répression des fraudes en matière de transactions d'œuvres d'art et d'objets de collection, dit décret Marcus. La notion « attribué à » exprime un doute et des présomptions sérieuses concernant l'artiste mentionné. La formulation garantit que l'objet a bien été exécuté pendant la période de production de l'artiste mentionné.

les pays et les acteurs économiques de la revente : il n'existe aujourd'hui aucun diplôme, aucune formation sur l'expertise et l'authentification des produits de la mode d'occasion. La qualité d'expertise d'un consultant, d'un directeur de l'authenticité d'un site, d'un directeur de dépôt-vente est la même pour tous : elle est basée sur un fait social de confiance de l'ensemble des pairs.

De nos jours, reconnaître un faux est devenu un exercice périlleux, délicat, complexe. Les contrefaçons sont désormais réalisées avec une grande qualité d'exécution, leur incroyable similitude avec les produits authentiques est frappante. Les acteurs de ce marché parallèle illicite reproduisent avec minutie tous les éléments nécessaires à la parfaite copie. Les ateliers clandestins utiliseraient ainsi les mêmes chutes de cuir, les mêmes outils, les mêmes garnitures signées. Les marques peuvent bien sûr agir auprès des tribunaux contre la contrefaçon diffusée sur le marché de la revente. Chanel a marqué le pas par son procès pour recel de contrefaçon à l'encontre de The RealReal en novembre 2018, avec pour preuve la vente de sept sacs Chanel contrefaits. Ces attaques juridiques soulèvent ainsi publiquement les problèmes inhérents à l'expertise. Le magazine *Forbes* a aussi pointé les dysfonctionnements du service d'authentification du site The RealReal dont les *copyrighter* ne disposaient pas de formation suffisante pour expertiser et détecter les contrefaçons[45]. L'article de Richard Kestenbaum, contributeur au magazine, paru en octobre 2019, rend ainsi compte de son test : il a acheté sur le site The RealReal un sac cabas, modèle toile de Jouy, de la maison Christian Dior pour la somme de 3 600 dollars. Il s'est avéré que le sac était une contrefaçon. Il démontre dans son article, tel un jeu des sept erreurs, les différences flagrantes entre l'authentique et le faux acheté. Jetant l'opprobre sur le processus d'authentification de ce site américain, la constatation empirique de ce contributeur révèle les difficultés d'expertise que rencontre aujourd'hui cette société. Sa place de *leader* économique et symbolique sur le marché américain subit le revers d'un talon d'Achille commun à l'ensemble de la mode d'occasion : la contrefaçon.

Toutefois, il existerait une solution d'avenir : l'intelligence artificielle ou AI, qui permettrait l'authentification des produits par les images diffusées sur Internet. La société Entrupy a ainsi développé un algorithme détectant les contrefaçons sur photographie. Une première analyse des annonces est donc possible avec une détection préalable des visuels en ligne. Mais il reste encore le risque de l'expédition d'un produit contrefait et parfaitement

45. Kesternbaum, Richard, « The RealReal Sold Me A $3,600 Fake; Here's Why Counterfeits Slip Through Its Authentication Process », *Forbes*, 23 octobre 2019. https://www.forbes.com/sites/richardkestenbaum/2019/10/23/if-fake-bags-are-being-sold-on-the-realreal-how-can-the-resale-business-ever-succeed

semblable au visuel, pourtant validé comme authentique. Entrupy propose là l'implication du vendeur par sa présence physique : son empreinte digitale. Le produit initial, destiné à être vendu, est pris en photo avec l'empreinte digitale du vendeur. Cette même empreinte doit se retrouver sur le produit reçu. L'algorithme sur l'application permet, en prenant la photo du produit réceptionné, de vérifier la chaîne de confiance établie. Ainsi, l'empreinte humaine sur l'objet serait le moyen de déterminer l'unicité d'un produit et son authenticité.

FAST PRE-LOVED FASHION

La *fast fashion*, excès principal de la mode actuelle, pourrait être une des causes de l'engouement pour les vêtements et les accessoires du passé. Cette dérive consumériste s'insinue dans chaque pays depuis le début des années 2000. Consommer, c'est utiliser une substance jusqu'à son inéluctable transformation ou destruction. Le métabolisme de la consommation du vêtement pousse à la crise de foie. Comme le sucre qui provoque un plaisir aussi rapide que la sensation de manque qui lui succède, la force de ce prêt-à-porter provient de son renouvellement et de son obsolescence instantanée. Les trois ingrédients de la recette de cette malbouffe vestimentaire sont le style, les petits prix et une quantité infinie. Or, si le communisme du style annihile l'individu, il réduit à néant l'identité. La mode du « prêt-à-jeter » nous dépossède de l'habit. Les collections s'enchaînent chaque semaine, produites avec le plus faible investissement possible afin de rendre plus fragiles et éphémères les habits qui les composent. Jamais le rythme de l'obsolescence du vêtement n'a atteint une telle vitesse. Ainsi, impuissants spectateurs, nous observons la fibre se déchirer après deux essayages, la couleur se délaver au premier essorage, la coupe perdre toute tenue en seulement quelques jours et les bouloches frapper la laine au moindre frottement… La condition éphémère du vêtement poussée à son paroxysme crée autour de nous un espace d'objets instables et fragiles, *memento mori* de la mode contemporaine.

Paradoxalement, la seconde main de la *fast fashion* est l'un des visages du marché de l'occasion. Les vêtements issus de ces méthodes de production sont aussi les plus vendus dans l'économie circulaire. Ainsi, Vinted, l'application de mode d'occasion la plus utilisée en France, met en relation des particuliers échangeant des vêtements de marques principalement issus de la *fast fashion*.

	Marques listées	**À la une sur 6 annonces**
Vinted	Nike, Zara, Adidas, Levi's, H&M, Ralph Lauren, Mango, Lacoste, Calvin Klein, Tommy Hilfiger, Guess, Michael Kors	Naf Naf, The Kooples, Zara, Vintage, Zara, Verbaudet.

Au jour du 11 avril 2020, sur les six premières annonces de la page d'accueil, deux produits étaient siglés Zara. H&M et Mango étaient aussi spontanément proposées lors de la recherche par marque. L'augmentation des passations et la multiplication des possesseurs du vêtement pourraient être les adaptations collectives aux problèmes éthiques et écologiques inhérents à la *fast fashion* (pollution, conditions de travail injustes et déséquilibre de répartition des bénéfices économiques). La nouvelle accessibilité et la facilité de la revente proposée par des applications telles que Vinted libèreraient la consommatrice de la culpabilité sous-jacente à la consommation de la *fast fashion*. Elle ferait ainsi le choix conscient de combiner le plaisir d'achat à petit prix de produits à la pointe de la tendance à la triple satisfaction personnelle de leur revente : bénéfice économique, soutien écologique, action éthique.

En revanche, la promesse du *vintage* consiste à se soustraire totalement à la consommation de masse. En inscrivant durablement notre relation au vêtement, la mode d'occasion peut être la réponse à la modernité liquide[46]. Cette image de l'élément liquide est parfois employée pour décrire notre société, définie par son caractère insaisissable et où tout est éphémère, des objets aux relations. Le vêtement ancien, création du passé, donne accès à l'antithèse du liquide – le solide – et résout ainsi l'équation du temps. Tangible, cette pièce d'histoire s'incarne alors par le fait de la porter. En outre, l'habit *vintage* renforce les échanges et les relations entre les individus par la passation ; il crée du lien, de l'empathie et génère un intérêt pour l'histoire de la possession du vêtement. Néanmoins, cette réponse reste une utopie collective puisque la même logique d'économie de masse sous-tend les transactions de la mode de seconde main : augmenter les annonces, maximiser les ventes, accélérer les expéditions. Des superlatifs, des terminologies de

46. Bauman, Zygmunt, *S'acheter une vie*, Paris, Jacqueline Chambon, 2008.

productivité, des synonymes de mondialisation, voilà ce qui compose le champ lexical de la mode *vintage* du XXIe siècle. Le processus final d'achat de la revente est favorisé par des moyens de paiement et de crédit : jusqu'à cinq types de paiement, différé ou crédit à la consommation. Dans la seconde main comme dans la *fast fashion*, nous sommes appelés à une consommation massive, excessive, une incomplétude, une insatisfaction.

L'atout écologique de la seconde main peut également être remis en question. Le modèle économique du *vintage* digitalisé génère un système d'expédition de chaque lot : du domicile vers le siège, du siège vers le domicile de l'acheteur et ainsi de suite. En corrélation avec les chiffres de millions de vêtements et d'accessoires vendus, il convient de lier les millions d'expéditions qui leur sont relatives. Par bateau, par train, par avion, puis par camion de livraison… Les cartons réalisent parfois le tour du monde. Cette empreinte carbone n'est pas neutre. Enfin, la diffusion en ligne de ces millions d'annonces et d'images accessibles génère tout autant de pollution. La consommation électrique, la pollution due au cloud ainsi qu'au volume de données échangées est tout aussi néfaste pour notre planète. Ainsi, l'impact écologique engendré par les transactions de la mode d'occasion pourrait nous faire douter de son infériorité par rapport à la pollution générée par l'industrie de la mode. Finalement, on pourrait dire que le marché digitalisé du *vintage* propose lui aussi une forme de *fast pre-loved fashion* (*pre-loved* étant l'anglicisme pour « déjà porté »). La consommation de la mode d'occasion est devenue aussi *fast* que n'importe quel produit, désormais calquée sur l'ensemble des *business models* du web (Amazon, Uber, etc.) dont la temporalité échappe à la vie quotidienne.

La mode *vintage* est affichée dans l'espace-temps des réseaux sociaux, notamment sur l'application Instagram. Dans notre société moderne, une grande majorité d'individus aspire aux signes visibles de richesse : bijoux, montres, sacs à main… Ces produits de luxe, même qualifiés d'occasion, sont ainsi largement utilisés pour leur pouvoir symbolique sur les réseaux sociaux. Ils apportent le prestige à celui qui les revêt et se pare de leur logo, générant chez celui qui offre au regard le désir d'éternité et la récompense d'être à la mode… Or, il n'est point de gloire à ces démonstrations, puisque le prestige suscite l'envie pour celui observant et la vanité pour celui qui en jouit[47]. Mais la demande de reconnaissance étant « par nature inépuisable, sa satisfaction ne peut jamais être complète ou définitive[48] ». Le monde d'Instagram est ainsi fait d'instants « éphémères éternels », une antinomique satisfaction de l'individu. Ils offrent pourtant un moment d'éternité à celui qui reçoit les récompenses de l'attention – les *likes*, les commentaires, le partage de contenu. Instagram est l'héritage prophétique des *fifteen minutes of fame* de Andy

47. Todorov, Tzvetan, « De la reconnaissance à l'estime de soi », *Sciences humaines*, numéro 131, octobre 2002.

48. *Ibid.*

Warhol[49], la célébrité éphémère de celui au centre de l'attention des médias.

Le XIXe siècle, avec sa politique hygiéniste, avait rendu la présence de l'ancien propriétaire suspecte, dérangeante, nauséabonde. Il est intéressant de noter que le XXIe siècle couronne au contraire la réapparition du corps. Les *pure player* Depop et Vinted sont les scènes théâtralisées de nos dressings. On vend son cardigan mais aussi l'image du corps qui le revêt, le style de vie qui est promu par l'ancien propriétaire. Les vendeurs ne cherchent en rien à mimer les productions visuelles historiques de la mode : les poses lascives ou toniques des mannequins, les packshots des sacs à main, les lieux extraordinaires choisis par les éditoriaux des magazines de mode. Au contraire, un nouveau langage sémiologique de la mode incarnée semble apparaître, à travers lequel le vendeur se met en scène dans son espace domestique, le plus souvent dans une pose décalée ou décontextualisée. Une forme de spontanéité de la mise en scène du corps semble être recherchée. Cette représentation moderne de soi rend compte d'une humanité plus crue, peut-être plus sincère. Le fait que l'habit soit déjà possédé n'est plus une idée conceptuelle mais une réalité qu'Internet révèle. L'appropriation de l'objet par le propriétaire actuel est la nouvelle symbolique de l'objet : elle est la griffe éphémère du XXIe siècle sur l'objet que l'on propose à la revente.

49. Warhol, Andy, *Catalogue Moderna Museet Stockholm*, février à mars 1968 : « In the future, everyone will be world-famous for 15 minutes. » (« À l'avenir, chacun aura droit à 15 minutes de célébrité mondiale. »)

La nouvelle vie du vêtement aux mille et un propriétaires

L'importance future de la mode de seconde main dans l'industrie du vêtement est une prophétie autoréalisatrice[50] (la prophétie se réalise par le fait même d'annoncer qu'elle aura lieu : par un effet d'imitation). Ainsi, l'anticipation du boom économique de la mode *vintage* a amené une visibilité internationale de ce mode d'acquisition et renouvelé l'intérêt des consommateurs. L'augmentation phénoménale du nombre de personnes participant à ces échanges a pour conséquence la modification brutale des habitudes que nous entretenons avec nos vêtements. Dans ce nouvel espace d'objets et d'êtres humains, je développe spontanément de nouvelles connaissances par le biais de communautés et je développe une nouvelle approche de la gestion de mon dressing.

LA COMMUNAUTÉ ET L'INDIVIDU

Dans notre société contemporaine individualiste, le rôle de la communauté virtuelle s'est révélé essentiel à la promotion du *vintage*. Aujourd'hui, la majorité des transactions de la revente se font sur Internet, puisque les clients choisissent des sites spécialisés. La dimension communautaire est l'une

50. King Merton, Robert, « The Self-Fulfilling Prophecy », *The Antioch Review*, numéro 8, 1948.

des valeurs les plus importantes mises en avant par les agents économiques de la seconde main pour se démarquer les uns des autres. L'individu joue un rôle dans cette communauté, il est défini comme le chaînon d'un ensemble œuvrant à un but honorable : le passage circulaire du vêtement. « L'imitation délivre l'individu des affres du choix, elle le signale comme la créature d'un groupe, comme le réceptacle de contenus sociaux[51] », écrivait Georg Simmel. La communauté répond aux angoisses du futur consommateur : la seconde main est-elle faite pour moi ? Ainsi, les sites Internet tels que Videdressing et Vestiaire Collective ont structuré l'espace virtuel d'une communauté dédiée aux échanges des produits du site. Dans cette communauté, tout ce qui matérialise ma présence est valorisé : mes échanges, mes sélections d'articles coups de cœur, mais aussi ma capacité à produire de la valeur symbolique et marchande (badges et classements pour les meilleurs vendeurs). Vinted, la plus grande plateforme de revente en France, est basée sur un modèle communautaire encore plus inclusif socialement. L'organisation des échanges et des codes de conduite est structurée par la communauté des « vinties ». Ces dernières sont les modératrices et, de ce fait, les architectes de cet espace virtuel. Il suffit de se rendre sur la page « forum » du site pour remarquer que Vinted a vocation à créer une « famille » plus qu'à recruter des influenceuses et former des premiers rangs de défilés de mode : grossesse, sexualité, conseils minceur, recettes de cuisine, travail… Dans ce grand salon de thé digitalisé, tous les aspects les plus féminins sont abordés avec bienveillance.

En outre, le nouveau passage de l'objet, du vendeur à l'acheteur, répond à un besoin social de lien et de transmission. La relation que le client entretient avec la marque diffère considérablement de la relation générée par la transaction de l'objet en seconde main. En effet, verticalité et horizontalité s'opposent à nouveau. La verticalité est constituante de l'achat de produit neuf puisque, contre rémunération, j'obtiens un objet et un service (boutique, expédition, papier de soie et SAV). Cependant, une fois cet achat terminé, je n'entretiens plus aucun lien avec la marque : la verticalité n'offre pas l'échange. À l'inverse, au sein de l'espace communautaire virtuel, la transaction de la seconde main me fait apparaître dans un échange horizontalisé : j'apparais par mes choix de vente ou d'achat, et cette apparence me valorise (la communauté peut *liker* mes ventes mais aussi noter mes prestations de « vendeuse »). De plus, les précédentes ventes sont affichées dans « l'espace d'apparence » et la page avatar révèle l'historique des échanges, tel un livre ouvert des passages de main en main. L'espace communautaire est le réceptacle des relations sociales que nous entretenons par la passation des vêtements anciens.

Le modèle des sites Internet dits « non communautaires » doit capitaliser sur la symbolique du professionnalisme des

51. Simmel, Georg, « La mode » (1895), *La Tragédie de la culture*, Paris, Rivages, 1993, p. 91.

services offerts et des valeurs transcendant l'achat de la seconde main. Les *bricks and clicks* Rebag ou Collector Square sont des exemples d'entreprises spécialisées dans l'achat-vente. Ici, pas d'espace d'apparence pour le client, pas de valorisation sociale de l'achat ni de satisfaction du bon goût, aucun lien ne relie vendeur et acheteur. Le site Internet met en scène les objets et instaure le rôle de tiers de confiance. L'achat est favorisé par la sélection de l'entreprise, son professionnalisme et son expertise dans l'authentification des objets. Dans un schéma similaire, les maisons de vente aux enchères proposant des ventes de mode instaurent une autorité verticale, incarnent le tiers de confiance et révèlent les objets dans un espace d'exposition exclusif et limité dans le temps. Vendeur et acheteur sont séparés par l'écran du commissaire-priseur, œuvrant avec déontologie au respect des deux parties.

De façon plus surprenante, les espaces distingués comme privés et publics semblent ne plus détenir de frontières avec Internet. Historiquement, les vêtements font partie de l'espace privé, du domicile. Comme l'écrit Sofian Beldjerd : « L'espace domestique, lieu de stockage des biens, s'impose comme le principal théâtre des redécouvertes extraordinaires et des transformations significatives de la perception et de l'évaluation stylistique des vêtements[52]. » Pourtant, par l'intermédiaire du vêtement proposé ou désiré, j'apparais aussi dans l'espace public virtuel du site Internet. L'individu « se révèle dans la parole et dans l'action[53] ». Le rôle de la parole est essentiel : je décris l'objet, je marchande, j'échange avec les membres. Mais j'existe aussi dans cet espace d'apparence par l'action, par ma capacité à acheter et vendre. Ces interactions peuvent sembler n'assouvir que des buts mercantiles, cependant, elles révèlent des aspirations humaines sous-jacentes plus profondes dans lesquelles exister par la passation de la mode *vintage* s'apparente à une existence sociale. Il y a une corrélation entre la raréfaction des espaces de prises de position publiques traditionnels et ce besoin d'échanges, même régis par les codes impersonnels du commerce.

L'espace privé de nos dressings et l'espace public de la transaction reprennent leur frontière lorsque l'habit *vintage* acheté est replacé dans le domicile, devenant possession du nouvel acquéreur. Au partage virtuel des informations dans la communauté succède une discrétion nouvelle dans laquelle la qualification d'occasion adossée au vêtement est devenue secrète. Ainsi, la majorité de nos clientes se garde bien de partager les modalités de la transaction et le prix alloué aux produits *vintage* qu'elles portent. Jean-Baptiste Échivard écrit ainsi : « Avoir un habit n'est pas indifférent à la manière d'être,

52. Beldjerd, Sofian, « Prendre le contretemps à contre-pied ou comment s'accommoder de vêtement "hors mode" ou démodé », *Sociologie et sociétés*, volume 43, numéro 1, 2011, p. 73-96.

53. Arendt, Hannah, *La Condition de l'homme moderne*, trad. G.Fradier, Paris, Calmann-Lévy, 1961.

de vivre ou d'agir d'un être humain[54]. » Cette constatation est contradictoire dans un marché qui a pourtant brouillé les contours des espaces privés et publics. À travers ce cycle de la nouvelle propriété – dans lequel je ne sais si je suis le deuxième, le troisième ou le quatrième propriétaire –, l'habit *vintage* est finalement replacé sous « notre main », dans notre espace privé afin de le porter sur notre corps. Nous profitons ainsi de la satisfaction personnelle d'être ce nouveau passager.

LA VALEUR ET LES TENDANCES

La sortie de la boutique sanctionne l'habit d'une perte de valeur – de l'ordre de 50 à 70 % – et de la perte irrémédiable du titre de « neuf ». Il devient immédiatement « seconde main » ou « occasion », même s'il n'a jamais été porté et s'il reste jalousement couronné de son étiquette d'achat. La transfiguration s'opère lorsque s'éloigne le lieu initial de ce premier achat. Si les marques définissent les prix en fonction de gammes et d'un choix marketing, le prix du second marché est le produit d'un équilibre entre offre et demande. Historiquement, le commerce du marché d'occasion « existe en partie grâce aux rabais et à l'élasticité des prix qu'il propose[55] ». La pratique du marchandage est encore bien réelle dans de nombreux espace de vente : les propositions de prix inférieurs sont favorisées sur certains sites, remporter un lot aux enchères sans prix de réserve n'est pas rare, et la négociation dans un dépôt-vente ou une boutique *vintage* est une pratique commune. L'acceptation d'un prix élastique est liée à l'offre et la demande : moins il y a de demande, plus l'élasticité du prix est possible.

Pierre Bourdieu et Yvette Delsaut, dans « Le couturier et sa griffe[56] », en 1975, ont produit des graphiques corrélant durée et valeur d'échange. Le graphique réalisé pour le vêtement fléchissait immanquablement vers le bas, vers une décote. La notion du cycle court apporte, selon les auteurs, la baisse de la valeur finale de la mode. Si l'on se base sur cette affirmation, il ne devrait y avoir sur le marché de la seconde main que des articles dont la valeur serait largement inférieure à leur prix d'achat. La fripe confirme bien l'hypothèse de Bourdieu puisque ces vêtements sont caractérisés par une valeur économique très basse. Mais il serait faux de généraliser la chute de la valeur des produits à l'ensemble de la mode de seconde main. La notion de décote a ses exceptions. Les marques de luxe Hermès, Louis Vuitton et Chanel, ainsi que les pièces Haute Couture des maisons (Dior, Yves Saint Laurent, Schiaparelli, Vionnet, Grès, Paul Poiret, Givenchy) bénéficient d'effets de remontées de valeur proportionnelles au temps écoulé, semblables au graphique, produit par les mêmes auteurs, quant à la valeur des objets d'art.

Désormais, la valeur des produits d'occasion est un enjeu économique majeur.

54. Échivard, Jean-Baptiste, *op. cit.*
55. Charpy, Manuel, *art. cit.*
56. Bourdieu, Pierre, Delsaut, Yvette, *art. cit.*

Ces objets détiennent la valeur que le marché et les agents économiques leur assignent. De plus, ils sont une source de revenus encore non taxée par l'administration fiscale. L'analyse de l'achat de la seconde main peut ainsi s'appuyer sur des outils de compréhension des cotes et valeurs. C'est le cas de l'index luxe de Collector Square, listant l'évolution et la moyenne des prix par produit. La rationalité des résultats obtenus (courbe évolutive, prix moyen) peut rassurer et semble donner un guide du marché du *vintage*. Ces méthodes engendrées par les agents économiques favorisent le processus de consommation en fournissant suffisamment de moyens pour répondre aux questions économiques (comment payer ?) et stratégiques (est-ce que j'achète/je vends au bon prix ?). La valorisation fait l'objet de tous les efforts des protagonistes recherchant la marchandise : « Quelle valeur a mon sac à main ? » Cette question martelée par tous les acteurs du marché a pour objectif d'obtenir soit le dépôt virtuel du bien, soit l'achat direct. L'espace de vente virtualisé doit en effet être constamment alimenté en marchandises.

De façon logique, l'offre et la demande de la mode *vintage* suivent les fluctuations de la mode actuelle. Un rééquilibrage constant des prix se produit en fonction de ce que désire la clientèle. La tendance détermine bien la seconde main, elle lui est soumise. Le cas de la maison Céline et de ses produits sur le second marché en est un des exemples les plus édifiants. Cinq ans auparavant, nos ventes aux enchères offraient à l'encan accessoires et vêtements de ladite maison (jupes, sacs, ceintures, chaussures). Leurs prix étaient bas, la demande était faible et limitée à une niche de collectionneuses. Quelle ne fut pas notre surprise de découvrir, il y a quelques mois, qu'une jupe estimée 20 € trouva preneur pour 250 €. Elle était pourtant restée invendue un an plus tôt. La tension de la nouvelle demande était entièrement liée aux collections Céline créées par Hedi Slimane. Heureux sont ceux ayant conservé ces anciens modèles Céline : les fortes inspirations *vintage* de la nouvelle collection les ont rendus à nouveau désirables. L'article du magazine *Elle*, « Vestiaire Collective : ces pièces Céline ont fait fureur juste après le défilé[57] », traitant de ce sujet, rend bien compte de ce jeu de miroirs des valeurs, entre seconde main et neuf, entre *vintage* et inspirations actuelle du *vintage*. C'est une vérité indéniable : la mode est un éternel recommencement, une mise en abyme. C'est d'autant plus vrai que la mode actuelle est influencée par le *vintage* et que la consommation de la seconde main est influencée par la mode, elle-même influencée par les tendances *vintage*, et ainsi de suite... Chez Dior, le retour du sac Saddle des années 2000 et l'utilisation de la toile des années 1980 sont de frappants exemples de réadaptation en *retail* de produits anciens, accélérant ainsi l'attrait sur le second marché des produits *vintage* ayant servi d'inspiration.

57. Casson, Élisa, « Vestiaire Collective : ces pièces Céline ont fait fureur juste après le défilé », *Elle*, 11 octobre 2019.

En outre, premier et second marchés cristallisent les tensions de désirabilité autour des produits rares de la mode. Certains achats de produits à fort pouvoir symbolique dont l'accès est restreint sont effectués dans le but de satisfaire et de rééquilibrer la demande : ils sont donc revendus en seconde main. Le second marché se construit aussi sur la demande du neuf, elle est son reflet.

L'importance croissante du marché de la revente influence également indirectement la politique commerciale du marché du luxe. Les marques des produits de luxe les plus revendus en occasion ont entamé un vaste processus d'augmentation de leurs prix en première main. Ainsi, les prix en boutique suivent une courbe annuelle ascendante. L'étude du cas de l'évolution du prix du sac Speedy de Louis Vuitton, dans le rapport McKinsey & Company en 2019[58], révèle une augmentation de 19 % par an depuis 2016. Le prix du sac Timeless de la maison Chanel, lui, a bénéficié d'un accroissement phénoménal : il a été multiplié par quatre en dix ans. L'achat du produit neuf redevient un marqueur social : il symbolise le pouvoir social et proclame le signe du prestige par excellence. Positionner ses produits *retail* à des prix plus élevés constitue aussi pour la marque une technique commerciale et marketing de ciblage d'une clientèle choisie.

NOUVELLE PROPRIÉTÉ ET INTÉGRATION DE LA SECONDE MAIN DANS LE *RETAIL*

Dans le marché de la mode du XXIe siècle, la propriété semble désormais être vouée à muer ; le vêtement se transforme en objet à multiples transmissions, accumulant divers possédants. La propriété d'un habit devient multiple. Selon le rapport McKinsey déjà cité, la notion de fin de la propriété (*end of ownership*) est une préoccupation partagée par les professionnels de la mode en 2019[59]. À la place de la propriété pleine et entière, c'est le modèle de l'usufruit d'un produit qui

58. McKinsey & Company, *The State of Fashion 2019* : « *Meanwhile, luxury brands are raising prices, significantly. […] Tracking global prices of Louis Vuitton's Speedy 30 handbag suggests an increase of approximately 19 percent per year since 2016. So, even consumers with six-figure incomes are looking to discounts and alternative models of acquisition for relief.* » (« Entre-temps, les marques de luxe ont considérablement augmenté leurs prix. Les prix des sacs Speedy 30 de Louis Vuitton montrent une augmentation de 19 % par an depuis 2016. Ainsi, même les consommateurs à hauts revenus sont amenés à rechercher de bonnes affaires et des modèles alternatifs d'acquisition. »)

59. McKinsey & Company, *The State of Fashion 2019* : « *The lifespan of the fashion product is becoming more elastic as pre-owned, refurbished, repair and rental business models continue to evolve. Fashion players will increasingly tap into this market to gain access to new consumers seeking both affordability and move away from the permanent ownership of clothing.* » (« La durée de vie de l'article de mode devient plus élastique, à mesure que les modèles économiques de la seconde main, du reconditionnement, de la réparation et de la location continuent d'évoluer. Les acteurs de la mode vont s'investir de plus en plus dans ce marché, afin d'accéder à ces nouveaux consommateurs en quête de bonnes affaires et d'une libération de la propriété permanente du vêtement. »

se dessine – c'est-à-dire le droit de se servir d'un bien et d'en jouir sans en être le propriétaire. Un usufruit lié à un délai déterminé, suivi d'une nouvelle transmission. Le fractionnement du temps a favorisé l'émergence de nouvelles pratiques. Ainsi, le *bricks and clicks* américain Rebag propose un *infinity exchange* permettant d'échanger entre six à douze mois son sac à main pour un autre, sous forme d'avoir. La dilution de la notion de propriété ouvre aussi de nouvelles jouissances des produits par la location. Le marché comporte en effet de nombreux agents économiques de la location de produits de luxe, tels Village Luxe et Rent the runway aux États-Unis ou Front Row en Angleterre. En France, le modèle ne semble pas correspondre à l'attente de la clientèle car peu de sociétés spécialisées perdurent. Il y eut le cas d'Instant luxe, proposant ce service en 2018. Culturellement, les Français continuent d'apprécier le statut de « possédant ».

L'un des plus importants changements que le monde de la mode ait connu ces dix dernières années est la transformation de la qualité d'usuel en patrimonial : la mode de seconde main est devenue un actif transférable. La définition d'actif correspond parfaitement à la mode de seconde main du XXIe siècle : un élément du patrimoine possédant une valeur économique, c'est-à-dire offrant une ressource. Le marché facilite le transfert de cet actif et le bénéfice du revenu : aucune taxation ni imposition par les services financiers étatiques, paiement rapide et assuré, impossibilité de baisse de la valeur pour les produits fiables tels que le luxe. Pierre Bourdieu aurait été bien surpris de constater une telle augmentation du pouvoir symbolique, proportionnelle au temps. Le schéma du prix baissant avec la durée qu'il avait conçu trouve dans ce cas précis un exemple contradictoire. Il avait en effet théorisé que « la dégradation dans le temps de la valeur marchande des biens de mode (avec le mécanisme des soldes et des sous-marchés) correspond à leur diffusion, à leur divulgation, c'est-à-dire au dépérissement de leur pouvoir de distinction[60] ». À la lecture d'une revue de presse sur la seconde main, de réels appels à la gestion comptable de son dressing nous apparaissent : « Les sacs de designers *vintage* qui valent le coup d'investir[61] », « Dans quel sac de luxe investir en 2019[62] ? » En février 2020, une société américaine, Rally, associée à Privé Porter, a pour la première fois émis des actions adossées à la valorisation d'un sac Birkin de la maison Hermès, de 35 centimètres, en crocodile couleur bordeaux. Le sac a été estimé à 52 500 dollars et les deux mille actions valorisées à 26,25 dollars[63]. L'avenir nous dira si le placement était risqué ou audacieux.

60. Bourdieu, Pierre, Delsaut, Yvette, *art. cit.*, p. 22.
61. Huber, Eliza, « Les sacs de designers *vintage* qui valent le coup d'investir », *Refinery29*, 30 octobre 2019.
62. Collector Square (en collaboration avec) « Dans quel sac de luxe investir en 2019 ? », *Madame Figaro*, 20 septembre 2019.
63. Davis, Dominic-Madori, « You Can Now Buy "Stock" in a Rare $52,500 Hermès Birkin Bag, Thanks to an Online Investing App – Here's How it Works », *Business Insider*, 14 février 2020.

Dans le cycle de vie du vêtement et de l'accessoire, neuf et occasion forment une frontière infranchissable. L'un se transfigure irrémédiablement en l'autre. Mais cette sentence ne semble plus si définitive. *Retail* et seconde main pourraient finalement faire partie d'un seul et même espace de vente d'une marque. Le cas de la société Reflaunt cristallise les nouveaux enjeux de la mode de seconde main. Cette application propose aux marques de mode d'intégrer directement sur les sites marchands le canal de revente de leur propre collection d'occasion. Toutefois, le problème majeur réside dans la valeur que les marques alloueront à leurs produits ainsi revendus. La seconde main est par définition recherchée lorsqu'elle permet l'accès à la mode à un coût inférieur au prix neuf. Si la marque souhaite proposer ses propres produits déjà portés, elle devra nécessairement accepter la dévaluation de ses créations et procéder à la nouvelle tarification du second marché. Les soldes et les ventes privées sont des techniques commerciales similaires à la décote de l'occasion. Elles permettent aux marques qui les proposent de mieux cibler la gamme de prix acceptée par la clientèle. Cependant, le véritable frein réside toujours dans la gamme de prix la plus élevée, le luxe. Les marques de luxe ne réalisent le plus souvent aucune solde ou vente privée publique (le secret et la discrétion sont de mise pour ces rabais). Le luxe pourrait-il accepter de générer un canal de revente de produits à des prix inférieurs à ceux du *retail* ? Les exemples récents des marques Stella McCartney et Burberry prouvent qu'une nouvelle façon de concevoir l'occasion du haut de gamme et du luxe est envisageable. Ces deux marques, en collaborant à des ventes de leurs produits de seconde main sur le site The RealReal, ont révélé le bouleversement de la perception du produit d'occasion qu'avait préalablement opéré leur direction.

Face aux enjeux écologiques et économiques de la mode d'occasion, les maisons réfléchissent désormais à l'évolution de leur position stratégique et économique. La maison Weston a montré l'exemple en prenant en compte la portée symbolique de ses chaussures *vintage*. Olivier Saillard, nouveau directeur artistique de Weston, confirme bien la réappropriation du patrimoine de la maison à travers la seconde main : « L'idée de commercialiser des modèles déjà portés m'est venue pendant un voyage au Japon. Nos souliers *vintage* y sont très recherchés par les chineurs. Ce constat a permis le déclic : il fallait nous réapproprier notre patrimoine[64]. » Les marques peuvent ainsi décider d'accueillir dans un cycle parallèle leurs produits d'occasion, afin de s'approprier la relation client et la gestion historique de ses précédentes collections. Petit Bateau, Décathlon, Cyrillus, Les galeries Lafayette ont déjà créé des circuits ou des sites pour les propriétaires désireux de revendre leurs produits. Se réapproprier leurs secondes mains, voilà la révolution des marques. Car « commerce de neuf et commerce d'occasion sont complémentaires ; l'un ne remplace pas l'autre[65] ».

64. Binet, Violaine, « La seconde main ou l'avenir de la mode », *L'Express*, 27 février 2020.
65. Charpy, Manuel, *art. cit.*

Conclusion

Nous n'avons jamais autant dépensé pour nous vêtir de toute l'histoire de l'humanité. Une étude de McKinsey & Compagny, intitulée *Style That's Sustainable: A New Fast Fashion Formula*, révèle ainsi qu'en moyenne, un individu achète 60 % d'articles de mode de plus qu'il n'avait l'habitude de le faire quinze ans plus tôt[66]. Cette augmentation exponentielle se répercute aussi sur la seconde vie des vêtements que la normalisation sociale et l'accessibilité digitale ont replacée à portée de « main ». Ainsi, nous assistons au retour de la mode *vintage* et des habitudes historiques héritées de la fripe du XIXe siècle, dans lesquelles le produit l'emporte sur les modalités de l'accès. Avoir ce sac à main est essentiel, même s'il a déjà été porté. Il peut être âgé d'une trentaine d'années ou bien au contraire sortir de la boutique... Finalement, toutes ces données relatives à l'usage social ainsi qu'à sa chronologie importent peu.

Depuis le XXe siècle, vêtements d'occasion et vêtements neufs étaient placés dans des espaces géographiquement séparés. Nul ne se retrouvait fortuitement dans une friperie ou un dépôt-vente. Aujourd'hui, produits en boutique et produits *vintage* se côtoient dans l'espace-temps infini de l'Internet. Ainsi, dans notre vie quotidienne, informations et images s'affichent en pixels et lettres grasses sur nos téléphones et nos ordinateurs. Friperie, dépôt-vente, boutique *vintage*, annonces entre particuliers, *marketplace* et canal de vente officiel des marques de mode défilent en flot continu. La porosité des espaces – *retail* et occasion – sur Internet bouleverse la définition même de la consommation de la mode.

Il n'y a jamais eu autant de possibilités offertes pour acheter et vendre de la mode de seconde main. Apprenons à révéler l'amoureux de la mode *vintage* en nous car « les êtres humains aspirent à des reconnaissances symboliques infiniment plus qu'ils ne recherchent la satisfaction des sens[67] ». La consommatrice du XXIe siècle est en quête de l'expérience existentielle que lui offrira l'habit ou l'accessoire *vintage*. Les réponses apportées par la transmission du vêtement ancien à ses questions

66. Remy, Nathalie, Speelman, Eveline, Swartz, Steven, *Style That's Sustainable: A New Fast Fashion Formula*, McKinsey & Company, octobre 2016.

67. Todorov, Tzvetan, *art. cit.*

intérieures sont d'une étonnante clarté. Le monde dans lequel nous vivons est à notre image, tout comme le vêtement. Celui-ci est le produit de notre main, de la terre labourée, des cotons plantés, de la soie tissée, de la coupe réalisée, de géographie en géographie, d'époque en époque.

Qu'est-ce que le temps ? Le temps s'incarne dans le vêtement *vintage*, il symbolise la perception d'un corps du passé, la réadaptation quotidienne par la vision subjective. Il est le pacte secret de la préservation dont je me porte garant ; il est le signe d'une passation future par la vente que j'en ferai.

Existe-t-il une meilleure façon de vivre ? La vision du passage de la main de celui qui produit aux mains de ceux qui transmettent, le souvenir rêvé d'un temps passé et l'impression fugace de la dernière minute venant de s'écouler, passée à caresser les contours brossés du bouton de cette veste *vintage*, telles sont les pensées d'un monde meilleur.

TROISIÈME PARTIE

Devenir consom'acteur de la mode de seconde main

Introduction

Dans ce cycle de l'économie circulaire qu'est le commerce de seconde main, nous sommes les acteurs majeurs d'un mouvement, nous sommes des consom'acteurs. Véritables piliers du monde de demain, agissant par notre « main », notre engagement à travers nos actes commerciaux se veut éthique et conforme à nos valeurs environnementales et philosophiques. Il n'y a pas de petits actes, ni de petits efforts. Vendre en seconde main son pull Zara pour 10 € est l'acte d'un consom'acteur engagé. Le consom'acteur de la mode de seconde main insuffle à sa mesure un vaste passage d'objets. Il devient tour à tour vendeur et acheteur, en souhaitant un jour se défaire d'un vêtement, puis en recherchant avec passion une perle rare ; en libérant de la place dans sa garde-robe et en choisissant le meilleur canal pour entrer dans le monde de la seconde main.

Petit guide du vendeur engagé de mode de seconde main

L'expression anglaise pour désigner les vêtements déjà portés est « *pre-loved* ». Il est intéressant de constater que la langue anglaise est, une fois n'est pas coutume, plus sensuelle que la langue de Molière. *Pre-loved* signifie « déjà aimé » : la notion d'amour donne à la relation que nous entretenons avec le vêtement ou l'accessoire une portée intense, une fusion charnelle. L'amour en tant que passion révèle à quel point nous pouvons être « fous » d'un sac à main que nous possédons, par exemple. Mais le *pre-loved* anglais marque aussi le caractère éphémère du sentiment amoureux, dont la fin signe la chute du nuage fantasmé, le retour à une réalité. Oui, il nous est arrivé à tous de ne plus pouvoir « voir en peinture » ce jean, de « ne plus supporter » ce manteau… L'intensité n'est plus là, c'est la rupture. En souvenir de cette relation amoureuse passée, prenons soin de ce vêtement et accompagnons-le vers une nouvelle vie. Le vendeur engagé procède en deux étapes : conserver et choisir.

CONSERVER

Terme muséal, la notion de préservation doit dicter notre rapport avec nos garde-robes. Lorsque l'on observe la gestuelle et la méthodologie muséale des conservateurs de la mode (gants de manipulation, vêtement à plat, température, luminosité et taux d'humidité contrôlés…), on comprend que le vêtement est fragile, qu'il peut être altéré irrémédiablement, et ce, bien plus rapidement qu'on ne le pense. La notion de conservation détermine le respect pour l'habit, elle préserve la valeur économique des objets, elle prépare la valorisation future. Conserver, c'est un ensemble de bonnes habitudes, à notre portée.

Les vêtements

La première règle est de ne jamais remettre au lendemain le traitement d'une tache ou d'une usure. Le temps enracine dans la fibre, accentue les défauts. Apportez au plus vite à la couturière de votre quartier une veste dont la doublure se déchire, un vêtement taché à votre teinturier de confiance. Vos vêtements doivent être conservés à l'abri de la lumière. La mode des dressings ouverts est certes très agréable esthétiquement mais impensable en termes de conservation. Les manteaux doivent être si possible placés sous housse dès la fin de l'hiver, après un nettoyage complet. Les produits naturels antimites préserveront les mailles et les lainages de trous irrémédiables, les lavages à basse température protégeront la fibre des bouloches.

Les sacs

La règle d'or se résume ainsi : papier de soie et sac feutrine (ou housse de protection). La housse permet de protéger les cuirs et les toiles de la poussière, de la lumière, des odeurs. Elle permet surtout de ne jamais placer les sacs les uns contre les autres, car les transferts de couleurs et les porosités des matières peuvent définitivement en altérer la qualité. Le papier de soie est le « corps » du sac, il conserve sa forme, il maintient ses coins (au risque de les voir s'affaisser et se craqueler). La plupart des maisons et des marques prévoient des sacs feutrines, que ce soit du milieu de gamme au haut de gamme. Si vous n'en disposez pas, utilisez des housses de vêtements pour envelopper vos sacs (de préférence de couleur neutre, beige ou blanc pour éviter les transferts de couleur) et du coton placé dans un sac plastique si vous n'avez pas de papier de soie (uniquement si la doublure intérieure est en toile. Si elle est en cuir, il est déconseillé de placer du plastique au risque qu'il finisse par coller au cuir).

Les accessoires

Broche, ceinture, bracelet, colliers… Les garnitures en métal des accessoires souffrent de l'humidité et de la proximité d'autres objets en métal (chocs ou griffures arrivent très rapidement). Il convient de les protéger un à un, dans un petit sac feutrine adapté ou de les envelopper à l'unité dans du papier de soie.

CHOISIR

Je dis souvent à mes clientes qui souhaitent me confier leurs vêtements de ne jamais regretter ce qu'elles vont vendre. Le choix doit être clair, évident, assumé. Si un doute persiste, il vaut mieux repousser à plus tard. La rupture amoureuse n'a sans doute pas encore été actée, scellée. Et il n'y a rien de pire qu'une histoire non résolue, que le souvenir d'un vêtement que l'on regrette, d'un accessoire que l'on aurait encore aimé porter. Ainsi, lorsqu'une cliente émet une hésitation, spontanément, je l'invite à garder l'objet en question.

Que souhaitez-vous vendre ?

Et si vous remettiez au goût du jour votre garde-robe plutôt que de la vendre ? L'économie circulaire réside aussi dans le choix de l'*upcycling* (ou surcyclage, c'est-à-dire le recyclage de vêtements anciens afin de leur rendre un nouvel usage). L'histoire de la mode révèle combien les habits sont le produit d'une conception sociale du corps : paniers, corsets, décolletés, pantalons, minijupes, smokings… Porter aujourd'hui un vêtement qui reflète une précédente vision du corps peut sembler hors de l'air du temps. Les exemples des sociétés œuvrant à l'*upcycling*, tels que Tilli sont intéressants : elles relancent un écosystème que l'on retrouvait encore jusqu'au XIXe siècle. Les fripiers remettaient ainsi à la mode, au goût du jour, les anciennes toilettes et les redingotes militaires. Retailler, raccourcir, teinter, repriser : ce modèle propose un véritable lexique de la nouvelle vie du vêtement ancien, le lexique d'une nouvelle histoire d'amour ?

Le choix est essentiel à la démarche du vendeur engagé : il se décompose en deux étapes déterminantes.

- **Sélectionner dans sa garde-robe :** ai-je choisi de vendre une veste ou une cinquantaine de pièces ? Quelle est la valeur de ce que je propose ? Cette valeur implique-t-elle de ma part un investissement personnel pour en obtenir la somme idéale ?
- **Déterminer le temps alloué à l'acte de vente :** ai-je le temps de gérer le processus de vente (annonce, discussion, expédition) et l'envie de m'y impliquer ?

Les réponses à ces deux questions vont déterminer le choix du canal de vente. Clairement, si vous n'avez pas le temps, dirigez-vous vers les offres de rachat et les dépôts-ventes. Si vous avez conscience de la valeur d'un vêtement ou d'un sac et que vous souhaitez vous impliquer dans le processus de vente, vos choix sont multiples : annonces, offres d'achat, dépôt-vente. Toutes les solutions sont à analyser afin de déterminer la valeur réelle de votre bien de seconde main.

Diffuser une annonce entre particuliers

Sur les sites Internet et les applications mobiles (l'offre *online*), vous êtes maître de la relation commerciale, de la description de votre vêtement à la fixation du prix. Il convient de bien analyser les frais s'appliquant ensuite à la vente.

Vinted, Leboncoin, Vestiaire Collective, Videdressing, Joli Closet, CrushON…

Accepter une offre de rachat sur Internet et applications mobiles

Vous vous libérez de la gestion de la vente de vos vêtements en adressant directement l'ensemble des objets au professionnel. Une simulation du prix de rachat vous est adressée. Cette solution est intéressante si vous souhaitez vous défaire de vêtements en quantité et que vous ne disposez pas du temps nécessaire pour la gestion des annonces. Il peut être aussi intéressant de vous adresser à des professionnels spécialisés dans la Haute Couture, les pièces *vintage* ou les sacs à main de luxe : ils ont accès à des canaux de vente spécialisés et à une clientèle ciblée.

Jaïio, Once Again, Patatam, Re-SEE, Collector Square, Valois Vintage, Rebag, Monogram, Fashionphile, Mosharks, Micolet, LprR, Chinemachine…

Laisser en dépôt-vente, en boutique locale ou sur un site Internet

Ces boutiques sont à côté de chez vous, il vous suffit de passer leur porte et de leur apporter vos objets. Ces professionnels sauront vous indiquer la valeur et la meilleure manière de vendre. La relation marchande est la suivante : vous laissez en dépôt en attendant la future vente.

Collector Square, Opportunities, Monogram, CornerLuxe, La Frange à l'envers, Opulence Vintage…

Petit guide du chineur de la perle rare *vintage*

J'achète au quotidien en seconde main et la mode d'occasion m'accompagne tout au long de ma vie. Je m'habille en *vintage*, je me suis mariée en *outlet*. Pour preuve, une petite liste de mes trésors personnels, anecdotiques ou précieux, chinés au fil des années.

- J'ai chiné il y a quinze ans une veste tailleur au motif prince de Galles Burton chez Kiliwatch, à Paris. Je la porte toujours aujourd'hui.
- J'ai acheté ma robe de mariée dans un magasin spécialisé dans les *outlet*, Dressing-club. C'était le modèle Adhemar de Delphine Manivet, il provenait des stocks de la maison Manivet. La robe a été entièrement réajustée à ma taille par un couturier professionnel.
- J'ai trouvé la robe de baptême de ma fille, un modèle Delphine Manivet pour La Redoute, sur l'application Vinted.
- J'ai reçu en cadeau de mon époux, il y a deux ans, une bague arty Yves Saint Laurent, trouvée sur Vestiaire Collective.

Après des années d'expérience dans les enchères de mode *vintage*, après avoir arpenté marchés aux puces et boutiques *vintage* de France et de Navarre, mais aussi surfé et chiné virtuellement sur les applications mobiles, je vous propose mes conseils pour devenir l'acheteur éclairé de mode de seconde main. Le chineur de vintage procède en trois étapes : chercher, analyser, marchander.

CHERCHER, CHERCHER ET CHERCHER ENCORE…

À l'origine du verbe « chiner », il y a la définition de la recherche des objets d'occasion, l'effort de découvrir et de révéler des nouveautés. Le chineur s'apparenterait donc à un chercheur de trésor, dont l'activité principale est l'effort, la curiosité, l'impétuosité et l'appétit de la découverte. C'est une pratique qui demande de l'expertise, il faut donc s'entraîner à chercher, encore et encore.

Premier conseil pour notre chineur : **multipliez les lieux pour chercher.** Sur les différents *pure player*, dans les boutiques *vintage*… L'acheteur doit s'attacher à comprendre quel espace de vente et quelles conditions génèrent le plus de bénéfice. Déterminez précisément votre recherche (sac à main de luxe ou vêtement milieu de gamme ?), puis choisissez les boutiques susceptibles d'abriter votre perle rare. Voici une liste non exhaustive et à compléter avec votre propre expérience de chineur.

Les boutiques physiques (l'offre *offline*)

Certaines boutiques sont des bijoux d'esthétisme et subliment les pièces exposées ; d'autres vous invitent à vous remonter les manches, à jouer des coudes, à pousser les cintres et à chercher les bonnes affaires. À noter que la majorité des boutiques physiques disposent aussi d'une boutique virtuelle. Dans chaque ville de France, vous découvrirez des temples du *vintage* et de la fripe tenus par des passionnés. Ne négligez pas non plus les magasins dits « grand public » pour chiner de très bonnes affaires : Emmaüs, Maboul, Noze... Il y a toujours un magasin à côté de chez vous.

Les Merveilles de Babellou, Collector Square, Kiliwatch, Kilo Shop, Mad Vintage, Chinemachine, La Mode Vintage, Vintage Standards, Guerrisol, Culture Vintage, Noir Kennedy, Simon's, Épisode, Falbalas, Dressing Factory, Vintage Désir, Ding Fring, Le Coffre, The King of Frip, FREE'P'STAR, Adöm, By Flowers, BIS boutique solidaire, Hippy Market...

Les sites Internet et les applications mobiles (l'offre en ligne)

Ils proposent des fripes ou des pièces *vintage* ; ce sont des dépôts-ventes ou des annonces de particuliers mettant en vente leur dressing. Ils sont généralistes ou spécialisés... À vous de chiner...

Vinted, Vestiaire Collective, Videdressing, Imparfaite, Re-SEE, Rebag, Rebelle, Decades, The Brand Collector, Petite Chineuse, Joli Closet, TopVintage, Jaïio, Monogram, CrushOn, Leboncoin, Once Again, Patatam, La Fripe Française, Peekaboo Vintage, ASOS marketplace, Look-vintage, NA NIN, Tilt Vintage, Fripouille vintage, CornerLuxe, Opportunities, La Frange à l'envers, Mosharks, Plomostore, What Goes Around Comes Around, Opulence Vintage, Valois Vintage, Micolet, Blow Up Vintage, The RealReal, Coton Anglais, Vesticheap, thredUP, 1stDibs, Depop, LprR, Fripe'IN, Fashionphile, Les fripons, FRIPERSO...

ANALYSER

Vous avez trouvé, vous l'avez en main, sous le clic de votre souris ou sous le pouce de votre application mobile. Deuxième conseil pour notre chineur : **gardez la tête froide avant d'acheter un vêtement ou un accessoire de seconde main.** L'analyse de la pièce *vintage* requiert un travail réel de décryptage.

Le bon chineur procède à une analyse de la valeur à donner à la pièce d'occasion sélectionnée, en trois étapes.

- Quelle est la rareté du produit ?
- Quel est l'état de cette pièce ?
- Où se procurer cette pièce avec le meilleur bénéfice ?

Vous souhaitez acquérir une pièce iconique de l'histoire de la mode ou un produit de luxe dont vous rêvez ? Alors vous devez déterminer le prix que vous serez prêt à débourser pour ce produit, en fonction de sa rareté, de son état général et du canal d'achat. Pour bien acheter des pièces *vintage*, on constatera qu'il est souvent nécessaire de s'appuyer sur des connaissances précises : histoire de la mode (rareté ou objet commun ?), matériaux utilisés (cuir, peaux exotiques, soie, argent) et leur conservation. Si la pièce rêvée est un modèle « commun » que vous trouvez sur de nombreux sites et dans la plupart des dépôts-ventes, calculez le bénéfice du produit vous plaisant le plus et le plus économique. Si vous êtes dans la catégorie « spécialiste » et recherchez la pièce collector, foncez malgré le prix parfois exorbitant, peu importe le canal de vente...

Vous ne souhaitez pas allouer une importante somme mais avez envie d'une pièce de mode *vintage*, avec du style ? La question à vous poser est alors : « Quel est son état ? » La qualité de la fibre, l'absence de marque ou d'usure doivent être vos priorités : gardez vos sens à l'affût, faites preuve d'exigence à la lecture de la description et posez des questions s'il le faut. De nombreux *pure player* et boutiques permettent l'accès à des produits à valeur économique faible qui ont toujours une valeur esthétique forte.

Si votre recherche se porte sur un produit en particulier, tel qu'un sac à main ou un accessoire (une ceinture, un bracelet-montre), je vous conseille de doubler la recherche en fonction de l'analyse des prix. Où vous procurer cette pièce en faisant le meilleur bénéfice ? Vos critères seront le prix le plus en adéquation avec la valeur de l'objet, le meilleur état possible et l'accessibilité directe.

MARCHANDER

Les chineurs *vintage* se doivent de faire perdurer l'héritage du marchandage de la fripe. Continuez à proposer des prix inférieurs et à les discuter : sur Vestiaire Collective, sur Videdressing, sur Vinted, sur les stands des puces de Saint-Ouen, lors des dimanches de brocantes près de chez vous... Mon troisième conseil pour notre chineur : **achetez aux enchères**, sur les sites drouotonline.com, interencheres.com, auction.fr. Il vous suffit de créer des alertes de mots-clés pour les ventes de mode et de *vintage* afin de vous tenir régulièrement informé des dates de ventes. Un réel intérêt économique s'offre à vous : la plus forte différence de prix se situe entre les enchères et les autres professionnels de la revente (boutique physique ou en ligne). Il existe une différence de minimum 50 % du prix sur des articles équivalents. Le fossé des prix est en partie dû à l'une des particularités des enchères : les prix de départ sont le plus souvent très bas afin de stimuler la montée des offres. Ainsi, la majeure partie de la mode aux enchères est constituée de vêtements et d'accessoires avec une moyenne de prix tournant autour d'une centaine d'euros.

Glossaire de la mode vintage

Fripe

La fripe comprend l'ensemble des vêtements et accessoires vieux ou déjà portés, proposés à la revente dans un espace dédié. La fripe est profondément liée à l'histoire du vêtement. Elle existe depuis le Moyen Âge et a accompagné les développements économiques et industriels de nos civilisations. Ce qui la caractérise est la faible valeur économique des produits – on y fait de bonnes affaires – et la quasi-absence de sélection (tri ou présentation) dans l'exposition des vêtements à vendre. L'acheteur doit chercher par lui-même, trouver, palper et parfois même marchander. La fripe se matérialise aujourd'hui dans les stands de brocantes et les magasins proposant des liquidations judiciaires ou des déstockages : Emmaüs, Kilo Shop, Kiliwatch à Paris, Noze et Maboul en province.

Vintage

Le *vintage* est une catégorie de vêtements et d'accessoires possédant un ensemble de critères esthétiques, symboliques et historiques. La datation doit au minimum être de vingt ans : l'objet doit avoir été conçu dans les années 1990, au minimum, et cette datation peut couvrir tout le XXe siècle. Sont concernées les pièces dotées d'une valeur symbolique pour la marque, d'une importance dans l'histoire de la mode ou qui rentrent dans nos critères esthétiques actuels. Prenons les exemples suivants : pour une blouse roumaine de 1981 d'Yves Saint Laurent, la valeur symbolique est celle de la marque ; pour une robe en laine signée Courrèges de 1961, la valeur est historique puisqu'avec la nouvelle liberté du corps, la pièce incarne la révolution des mœurs ; pour une ceinture Versace datant de 1992, l'esthétisme est reconnu par la tendance actuelle et le renouveau des collections hommages à Gianni Versace.

Une pièce caractérisée comme « *vintage* » dispose d'une valeur de distinction plus forte pour la personne qui va la porter ainsi qu'une valorisation commerciale à l'achat et la revente.

Cette catégorie est en quelque sorte la « pépite » des vêtements d'occasion. Elle se déniche en cherchant dans les fripes, mais aussi dans les ventes aux enchères, les sites Internet de revente, les dépôts-ventes et les boutiques *vintage*. Certains professionnels en ont fait la spécialité de leurs ventes, voici quelques exemples.

- Re-SEE : leur sélection est inspirée des années 1970 et 1980, de Céline, Chloé à Alaïa. Ce *pure player* est situé à Paris.
- WGACA (acronyme de What Goes Around Comes Around) : c'est une référence aux États-Unis. Cette société propose une sélection d'accessoires et de vêtements des marques de luxe françaises.
- Decades : Cameron Silver, le fondateur, est le spécialiste américain des robes et accessoires *vintage*. La boutique est située à Los Angeles.
- Imparfaite : ce site Internet permet la mise en relation de professionnels du *vintage* avec des particuliers. Les vêtements *vintage* sont caractérisés par leur pouvoir esthéthique plus que par la griffe adossée.

Occasion

Ce qui est d'occasion est l'opposé de ce qui est neuf. La transformation d'état de neuf en occasion n'est pas uniquement liée à l'usage (le fait de porter) et à l'usure (le fait de détériorer volontairement ou non). Un sac à main disposant de son étiquette, dans son papier de soie et son sac shopping (ne disposant plus de possibilité d'échange ni de remboursement) est un accessoire qui sera considéré comme d'occasion. Il n'est plus neuf : car l'état neuf caractérise tout vêtement ou accessoire demeurant dans l'espace *retail* – la boutique ou e-boutique. On utilise souvent l'expression « comme neuf », en comparaison avec cet état passé, qui ne peut plus jamais être retrouvé. Cet ensemble comprend donc tous les vêtements et accessoires produits par l'industrie de la mode et surtout ayant subi une transaction. Son éventail comprend aussi bien la fripe que le *vintage*.

Seconde main

Synonyme d'occasion, la seconde main est donc tout autant l'opposé du neuf. Néanmoins, la matérialité physique de la « main » apporte une notion de transmission sociale, une passation d'humain à humain. Le terme « occasion » tendrait à s'utiliser pour caractériser les vêtements, donc les objets, alors que le terme « seconde main » caractériserait le social : le commerce et les échanges que font les individus avec ces vêtements. La définition de propriété est constamment renouvelée et réécrite par ces échanges et les transactions.

Il est à noter que la temporalité se veut multiple : la notion de temps dans « seconde » induit aussi notre capacité à être à l'origine de la qualification du transfert et de son fractionnement temporel. C'est une caractéristique du nouveau marché de la location et de la vente avec forfait de renouvellement (pour avoir accès à un produit de gamme similaire ou un avoir).

Pure player

Définition d'une entreprise réalisant son commerce uniquement sur Internet. La traduction « tout en ligne » a d'ailleurs été adoptée en mars 2014 par la commission générale de terminologie et de néologie. Les *pure player* de la mode *vintage* sont des sociétés dont le modèle économique est la vente de productions d'occasion uniquement via un site Internet. Elles réalisent généralement un bénéfice sur la transaction de l'objet dont elles ont produit la mise en ligne et la mise en rapport vendeur-acheteur. Vinted, Vestiaire Collective, Rebelle, Imparfaite, Re-SEE et Videdressing sont des *pure player*.

Bricks and clicks (ou clicks and mortar)

L'expression est développée à partir de l'anglicisme *brick and mortar*, « de brique et de mortier », désignant une boutique avec un point de vente physique. Les entreprises développant conjointement un point de vente physique (de briques ou de mortier) et un point de vente virtuel (avec des clics de la souris) sont communément appelées des *bricks and clicks*. Il est intéressant de constater que le marché de la seconde main compte de nombreux exemples de ce modèle économique. C'est le cas de Rebag, Fashionphile, The RealReal, Collector Square ou What Goes Around Comes Around (WGACA). Les sociétés ont développé ce type de distribution en débutant soit par le physique, soit par le virtuel. Ainsi, Fashionphile a commencé ses ventes sur Internet dès 1999. En 2019, la société de Sarah Davis a pris le virage *bricks and clicks* en combinant son modèle digital avec l'ouverture des points physiques dans le réseau Neiman Marcus. WGACA avait commencé avec une boutique à Soho, en 1993, pour finalement doubler son approche clientèle en magasin grâce à un site marchand très performant. Quant à Collector Square, dès son ouverture en 2013, la société française a volontairement lié les expériences humaines dans un point de vente physique et l'expérience digitale du site Internet de vente. Enfin, Rebag a aussi combiné, dès son ouverture en 2014, des points de vente dans l'Est et dans l'Ouest américains avec des ventes digitalisées. Les *bricks and clicks* ne sont pas uniformes dans leur gestion de la marchandise dont ils font commerce. Il y a ceux réalisant un bénéfice sur la revente de produits : c'est le cas de Fashionphile, qui utilise sa trésorerie pour acheter la marchandise de seconde main et réalise une plus-value à la revente. Il y a aussi ceux réalisant un bénéfice sur la commission du produit confié en vue d'une vente : The RealReal, dont c'est le modèle économique, ressemblerait donc plus à un dépôt-vente, si l'ensemble de ses ventes ne se faisaient pas en ligne.

Dépôt-vente

Il s'agit d'une société proposant le commerce d'objets d'occasion confiés. Ces objets sont sous un contrat de consignation. Le vendeur propriétaire confie le bien au dépôt-vente en vue d'une vente, contre un bénéfice prédéfini par les deux parties. On compte un peu plus de mille deux cents dépôts-ventes en France, avec des leaders tels que Troc.com, La Trocante et La Caverne des particuliers. Même si le modèle du bien confié existe toujours, on constate une augmentation du nombre de vendeurs demandant une liquidité immédiate, à la manière des *pawn shops* américains. Ainsi, la plupart des dépôts-ventes proposent aussi des achats directs de marchandise.

Boutique de mode *vintage*

La boutique *vintage* fait commerce de vêtements et d'accessoires de seconde main. La sélection temporelle des vêtements (les années, les niches, les marques, les styles) est le fait du choix subjectif du gérant. La boutique *vintage* propose au vendeur de se séparer de ses biens, soit en formule dépôt-vente, soit en achat direct. C'est généralement l'expérience particulière du fondateur de la boutique qui détermine son choix d'accès à la marchandise. Plus le gérant dispose d'expertise et de connaissance, moins il usera des objets confiés et préférera au contraire sélectionner la marchandise à l'achat. Le gérant, personnalité centrale dans la relation de confiance à la cliente, incarne un tiers de confiance. On peut citer l'exemple de Didier Ludot et de sa boutique éponyme. Certaines boutiques *vintage* ont pris le virage du numérique en couplant leur canal commercial en boutique par une présence sur Internet. Ainsi, les Merveilles de Babellou vendent sur leur site Internet. Dans ces cas précis, le modèle économique se rapproche donc du *bricks and clicks*. Les porosités de genre sont fortes lorsqu'Internet devient un biais commercial essentiel.

Économie circulaire

Ce terme désigne l'ensemble des actions et échanges visant à insuffler un effet de cycle. Le but principal est la recherche de l'équilibre écologique et éthique. Ainsi, le vêtement est pensé en tant que réceptacle d'un ensemble de choix : la récolte de la matière première, la production du vêtement, l'usage quotidien, les choix de « l'après usage » (recyclage, *upcycling*, vente en seconde main). Le vêtement est conçu comme un produit devant impacter le moins possible l'environnement, générer le plus de valeur économique dans un équilibre social, répondre à sa propre destruction par une évolution appropriée. Cette économie circulaire adossée à la mode ne doit pas être perçue comme un tout (elle serait sinon impossible à concevoir par sa complexité), mais comme un ensemble de pratiques concrètes disponibles et à la portée de chacun de nous. Dans le cas de ce guide, le marché de la seconde main est partie prenante des choix proposés par l'économie circulaire du vêtement : en refusant de remplir une décharge avec ce vêtement, je propose à autrui de se détourner d'un achat neuf – polluant de la récolte à la livraison, socialement injuste de par ses lieux et conditions de production – pour un produit d'occasion. Nous sommes tous deux gagnants économiquement. Je suis rétribuée sur la valeur d'occasion, l'autre a déboursé moins que prévu.

QUATRIÈME PARTIE

LE STYLE VINTAGE OU LA PROMESSE DE L'INDÉMODABLE

Entretiens avec sei2e des acteurs majeurs de la mode vintage

Les seize entretiens qui suivent offrent la vision et la réflexion des acteurs de la mode de seconde main, un fait social saisi à un instant T. L'espace des interviewés a été conçu en deux parties : les sites Internet *pure player* et les boutiques *bricks and clicks* d'une part, les experts en mode du XXe siècle d'autre part. La sélection des acteurs a été réalisée en fonction de leur rayonnement économique, national ou international, et de la reconnaissance des pairs de ce marché.

- Les *pure player* et leur variante commerciale, les *bricks and clicks*, sont les leaders des échanges économiques de la mode *vintage*. Ainsi, ils captent la plus grande attention des acheteurs et des vendeurs. Ces entreprises du web disposent de places économiques et symboliques majeures – leur chiffre d'affaires se compte en millions d'euros. Ils ont aussi hérité des techniques commerciales d'eBay. Enfin, les *bricks and clicks* sont l'évolution virtuelle de la boutique du XXIe siècle : à la « brique » de la boutique locale, elles ont ajouté les ventes digitalisées (les *clicks*). Nous avons interviewé Vide Dressing, Vinted, Imparfaite, Re-SEE, Rebelle, Vestiaire Collective, qui sont des *pure player* ; Collector Square, Rebag, Decades, Les Merveilles de Babellou, qui sont des *bricks and clicks*.

- Les experts en mode participent par leur expertise et leur compétence à toutes les étapes de la passation de la mode *vintage*. On les retrouve dans les ventes aux enchères mais aussi dans des rôles de conseil auprès des *pure player*. Ils ont été les témoins de l'évolution de la demande pour la mode d'occasion et sont les défenseurs de la lutte contre la contrefaçon. Dominique Chombert, Pénélope Blanckaert, Jérôme Lalande sont tous trois membres du SFEP (Syndicat français des experts professionnels en œuvres d'art et objets de collection), Claire Chassine-Lambert du CECOA (Chambre européenne des experts conseils en œuvres d'art). Nous avons interviewé Dominique Chombert et Françoise Sternbach, Pénélope Blanckaert, Jérôme Lalande, Claire Chassine-Lambert, Kerry Taylor et Graham Wetzbarger.

Méthode

Proposer un entretien force le potentiel interviewé à une prise de position inédite. L'écriture d'un livre sur la mode *vintage* a produit une situation particulière, dans laquelle il est appelé à exister par sa parole.

La portée des entretiens retranscrits n'est pas la recherche universitaire et notre démarche ne s'apparente pas à une étude sociologique. Deux règles précises ont été toutefois suivies dans le guide d'entretien : le même questionnaire pour tous et le même mode de collecte, l'écrit. Les mails contenant le questionnaire unique ont été adressés entre mars et mai 2020.

Voici la notice explicative qui les accompagnait :

Important
Les questions sont organisées autour de dix thématiques : vous êtes libres de répondre à toutes, ou seulement à quelques-unes, de changer l'angle des thématiques en réécrivant la ou les questions (en expliquant pourquoi), de répondre de façon concise ou détaillée, de traiter de généralités ou de votre cas personnel/professionnel.

L'écriture est la révélation de la parole de l'interviewé. La parole de l'expert en mode est subjective, elle est le reflet de sa personnalité, de son parcours. La parole de la société est le produit interne de choix sur les différentes modalités de sa production : qui parle, quelle question choisir, quoi répondre et pourquoi. La personnalité morale est incarnée par un individu : il peut être le porte-parole, le fondateur, le responsable de la communication ou de l'authenticité. Cette incarnation peut aussi prendre la forme d'une personnalité à plusieurs têtes et produire une coécriture de la parole. La présentation précédant les réponses est le produit de l'interviewé : il a choisi lui-même les appellations, titres et parcours afin de se présenter librement au lecteur.

Les textes originaux des entretiens sont reproduits ici, sans coupure, adaptation ou réécriture. Les entretiens avec les acteurs anglo-saxons et étrangers ont été traduits le plus fidèlement possible.

Questionnaire

THÉMATIQUE 1

Appelé « fripe », le vêtement de seconde main a été un choix subversif (mouvement punk ou contestataire des années 1960) d'une minorité recherchant l'anticonformisme.

- Avez-vous déjà expérimenté un achat en « friperie » ?
- Donnez-nous le contexte.
- Pouvez-vous nous dire en quoi la seconde main actuelle est différente de la « fripe » ?
- Pourquoi selon vous, **l'acceptation de la seconde main** est-elle désormais majoritaire et l'achat désormais **valorisant, conforme à la norme ?**

THÉMATIQUE 2

Peut-on dire que la seconde main est une **réaction à la *fast fashion*** ?

THÉMATIQUE 3

Internet est-il l'élément conjoncturel expliquant l'accélération du marché de la seconde main au cours de ces dix dernières années ?

THÉMATIQUE 4

L'offre et la demande.

- Comment définir la cliente acheteuse et la cliente vendeuse ?
- Que cherchent-elles comme expérience ?
- Comment y répondez-vous ?
- L'acte d'achat est-il selon vous poussé par un but : esthétique, économique, écologique ?

THÉMATIQUE 5

Vêtements ou accessoires.

- Lequel, du vêtement ou de l'accessoire, sera le futur du marché de la seconde main ?
- Pourquoi, selon vous ?

THÉMATIQUE 6

Les produits « phares » de la seconde main sont signés des **marques Chanel et Hermès**.

- Êtes-vous d'accord avec cette affirmation ?
- Est-ce à dire que la seconde main ne comprend que des produits de luxe ?
- L'obsession de la marque est-elle selon vous une notion essentielle pour comprendre le marché de la seconde main ?
- Ces produits continueront-ils toujours à faire l'objet de convoitise,

suite à la disparition de Karl Lagerfeld pour Chanel, par exemple ?

- Y aura-t-il un effet de baisse des demandes, avec l'augmentation de la production des sacs Hermès ?

THÉMATIQUE 7

La contrefaçon semble être le problème majeur du secteur.

- Comment envisagez-vous la contrefaçon ?
- Quelle gestion adopter face au flux de produits contrefaits et la qualité « trompeuse » de ces derniers ?
- L'expertise doit-elle devenir une compétence faisant l'objet de formations diplômantes ?

THÉMATIQUE 8

Quel futur prédire pour ce marché de la seconde main ?

- États-Unis, Asie, Afrique : quelles géographies entreront dans l'engouement et comment selon vous ?
- Quels sont les grands enjeux de la prochaine décennie ?

THÉMATIQUE 9

Véritable échiquier, le marché de la seconde main a ses gagnants et ses perdants **et fait l'objet d'une fluctuation constante :** fermeture d'Instant luxe, The RealReal entrant en bourse, les enchères de mode en mutation (d'Artcurial en leader à Christie's, délocalisation du marché à Londres et Hong Kong). Quelle est votre analyse ?

THÉMATIQUE 10

Comment les marques se positionneront-elles face à ce second marché ? Acceptation et prise en charge (cas de Weston), déni ou refus… ? Quel impact, selon vous, aura la seconde main sur la mode de demain ?

RÉFLEXIONS LIBRES

Vos réflexions, inspirations, analyses sur le passé, le présent et le futur de ce marché… Votre vision de votre rôle dans ce secteur…

Entretien avec Pénélope Blanckaert

Reçu le 13 mai 2020.

Thématiques 6, 7 et 8 non renseignées.

Pénélope Blanckaert est experte et consultante mode xxe et xxie siècles, et membre du SFEP (Syndicat français des experts professionnels en œuvres d'art et objets de collection). Publications : *Trésors du vintage, la mode aux enchères* (La Martinière), *Icons of Vintage Fashion. Definitive Designer Classics at Auction 1900-2000* (Abrams).

Diplômée de l'Institut français de la mode (IFM), Pénélope Blanckaert fonde PB Fashion en 2009, cabinet d'expertise et de conseils en mode *vintage* et contemporaine.
À l'hôtel Drouot et en collaboration avec plusieurs maisons de vente (Artcurial, Pierre Bergé et associés, Millon…), Pénélope Blanckaert ancre sa vision de la mode aux enchères à travers des thématiques singulières : « Mode nipponne ou eighties », « Jolie Madame », « Paco Rabanne Fashion Materials », « Alaïa et la Haute Couture », « Martin Margiela, Anvers et contre tous »… Elle nous propose une mode cousue au fil du temps qu'illustrent des silhouettes mixant époques, créateurs et couturiers, qu'elle documente par de nombreuses iconographies.
En 2016, Pénélope Blanckaert rejoint la maison Artcurial et crée le département « Fashion Arts », qu'elle dirige jusqu'en 2019. Sa vision panoramique et précise de la mode lui permet d'élargir son champ d'action aux marques et maisons souhaitant valoriser leur patrimoine (commissariat d'exposition, organisation, gestion et exploitation des archives), mais aussi en quête d'inspiration. Pénélope Blanckaert consacre désormais son travail d'expertise aux collections en collaboration avec les maisons de vente aux enchères et les sociétés d'assurance, et conseille les marques de mode qui cultivent leur héritage pour dessiner leur avenir.

THÉMATIQUE 1

J'ai découvert les fripes lorsque j'étudiais en Californie, à la fin des années 1990. Aux États-Unis, contrairement à la France, la culture du « *second hand* » est très répandue depuis toujours et d'énormes magasins étaient dédiés à la vente de vêtements et accessoires déjà portés, sans réelle distinction de griffes. Ralph Lauren y côtoyait des sweaters Harvard ou Yale, le cachemire l'acrylique, la féminité des années 1950 celle des années 1980. Vingt-cinq ans plus tard, je porte toujours ce pull-over en angora feutré rouille déniché à San Diego, dont les manches froncées évoquent tout autant les héroïnes de *Dallas* que les emmanchures de Nicolas Ghesquière chez Louis Vuitton pour le printemps-été 2020, ou encore le style victorien.

La seconde main actuelle recense différentes typologies de vêtements. Ainsi, *vintage* et pièces de collection se côtoient. Le premier, terme emprunté à l'univers du vin, controversé par son usage excessif et parfois abusif, désigne vêtements et accessoires griffés ou non, mais représentatifs d'une époque donnée. Comme c'est le cas pour l'art moderne, il n'existe pas de définition temporelle stricte du *vintage*. Distinct des pièces de collection par sa vocation de vêtement vivant, le *vintage* est souvent acquis par une clientèle de particuliers à dessein d'être porté. Le vêtement de collection, destiné *a contrario* à être conservé, sera l'apanage des musées, des collectionneurs ou des maisons elles-mêmes, rachetant leur patrimoine perdu pour compléter leurs archives.

Cette différentiation n'empêche ni leur télescopage, ni leur mixité sur les portants ou les sites. Le terme de « fripes » évoque davantage une présentation anarchique à l'instar de Guerissol à Paris qu'une qualité de vêtements ou la présence de griffes. Toutes les boutiques de *second hand* – physiques ou digitales – ont recours à un *merchandising* curaté et force de proposition comparable à celui des produits neufs (The RealReal ou Re-SEE par exemple). L'acceptation de la seconde main et le désir croissant de consommer *vintage* ont de multiples causes (économiques, écologiques et éthiques, esthétiques...) et s'inscrit dans un mouvement plus général qui glorifie le passé : les expositions de mode se multiplient, les maisons valorisent leur patrimoine et rééditent certaines pièces de leurs archives, les grands groupes tentent de réveiller de belles endormies (Patou chez LVMH, par exemple). Le millésimé a le vent en poupe et on s'aperçoit que la mode, comme le vin, vieillit bien.

THÉMATIQUE 2

Il est certain que la *fast fashion* contribue très fortement à asseoir la réputation de second pollueur au monde à laquelle l'industrie textile est désormais associée. Sans parler de ses pratiques peu déontologiques à certains égards. En outre, elle a largement participé à abolir la singularité du style pour offrir une uniformisation.

Considérant que le recours au *second hand* permet d'alléger l'empreinte écologique tout en offrant à chacun la possibilité d'une expression stylistique singulière, je dirais que la *fast fashion* contribue à favoriser la démocratisation d'une économie circulaire pour les vêtements et accessoires de mode, y compris à très bas prix (Vinted). Plus généralement, la grande révolution écoresponsable du secteur qui implique à la fois la chaîne d'approvisionnement, la création, la fabrication et la distribution, propulse la *slow fashion* qui prône une création de qualité, lente, localisée et personnalisée, entraînant avec elle le boom de la seconde main.

THÉMATIQUE 3

Internet est parfaitement adapté à la nouvelle donne que constituent la digitalisation des comportements, la montée en puissance des millennials, l'évolution du rapport au luxe et aux marques, les réseaux sociaux et les nouveaux comportements de consommation comme la seconde main ou la location.

Aussi représente-t-il un levier de croissance pour la mode et le luxe en général, notamment en Chine (35 % des achats de luxe effectués sur le web). Certaines marques parient désormais sur une offre 100 % digitale à l'instar de Fenty. Les groupes Kering et LVMH ont bénéficié d'une croissance de 20 % de ventes sur le net au premier semestre 2019 et cette bascule touche aussi les grands magasins, circuit historique du luxe. Le marché du *second hand* bénéficie lui aussi de ce nouveau modèle pour se développer à vitesse grand V avec l'existence de plateformes internationales, certaines communautaires, qui revendent des vêtements et accessoires *vintage* ou contemporains, provenant des maisons de luxe comme des marques de prêt-à-porter, voire de la *fast fashion*. Internet génère 35 % des ventes de *second hand* contre 8 % pour l'*offline*. Que ce soit des sites spécialisés ou généralistes, en France comme à l'étranger, les acteurs se multiplient. Ainsi, Leboncoin s'est-il hissé à la quatrième place des sites français les plus consultés, juste derrière le trio Google, Facebook et YouTube.

Vinted, le trublion venu de l'Est qui connaît une croissance de 230 % par an, a bouleversé le marché du *second hand* et sa perception grâce à des outils techniques ludiques, ergonomiques, pratiques et peu coûteux pour les utilisateurs. L'IFM relève que la plateforme a contribué à changer la manière dont est perçue la mode d'occasion, la rendant désirable auprès d'un large éventail de consommateurs aux profils socioprofessionnels variés. L'un des enjeux fondamentaux pour ces plateformes consiste à exploiter les *data* qu'approvisionnent le flux d'activités et l'expérience client, devenue un outil redoutable pour un CRM tout-puissant et ultra-performant, mais aussi à anticiper l'émergence des premières générations dites « *digital natives* », partisanes d'un capitalisme responsable et dont l'appétence pour le shopping en ligne est immense, qui constitueront dans dix ans un tiers des consommateurs mondiaux.

Chiner, chercher, découvrir des trésors *vintage* ou contemporains en même temps que faire de la place dans son armoire fait désormais partie du jeu dans la mode, dans les meubles, la vaisselle, les livres... Internet constitue un outil formidable pour partager instantanément, fluidifier les échanges et construire des communautés. Mais aussi pour mutualiser rapidement un *storytelling*, de l'information créative et patrimoniale pertinente et qualitative. Il est impossible de convoquer la mode (premier et second marchés confondus) et le digital sans évoquer l'incontournable Instagram et sa puissance de feu. Une telle influence sur la culture de l'image dans le monde de la mode s'impose comme un levier de démocratisation inédit et constitue une clé de voûte à la grande révolution écoresponsable du secteur, en ouvrant des champs d'exploration vertigineux pour le neuf comme pour l'occasion.

THÉMATIQUE 4

La principale motivation d'achat de seconde main est une question de pouvoir d'achat même si l'occasion bénéficie également d'une image durable et engagée, remettant notamment en question la notion de durabilité dans la mode.

75 % des acheteurs de seconde main veulent réaliser une bonne affaire (soit pour en avoir encore plus, soit par manque d'argent) tandis que 43 % se disent motivés par des raisons écologiques. L'*a priori* du citadin bobo qui revend et achète du luxe est marginal par rapport aux achats d'habillement fonctionnel, pour le quotidien, et en particulier pour les enfants. Un pouvoir d'achat contraint favorise une culture plus forte de la mode ainsi qu'une sensibilité accrue au gaspillage et à son impact sur l'environnement.

Acheteurs et vendeurs ne sont pas les mêmes sur le marché du luxe d'occasion. Généralement, les acheteurs n'ont pas les moyens d'acheter des produits de luxe de première main et la seconde main est leur façon d'entrer dans le monde du luxe. La plupart déclarent qu'ils n'auraient pas eu les moyens de s'offrir des produits de luxe neufs. L'occasion leur permet ainsi d'accéder à ces marques. C'est une clientèle moins aisée qui peut ainsi accéder au luxe et l'on pourrait assimiler l'occasion à un nouveau produit d'appel, comme ce fut le cas des petits accessoires massivement proposés depuis la fin des années 1990 par les grandes maisons.

Les vendeurs sont le plus souvent des acheteurs sur le marché du luxe traditionnel. Ils utilisent la revente pour réinvestir dans de nouveaux produits de luxe à plein prix et renforcer leur pouvoir d'achat. Près de la moitié des clients du luxe passent à la caisse en envisageant déjà la revente de leur achat sur un site de seconde main.

L'envie de consommer plus raisonnablement favorise également l'achat de produits devenus introuvables, dotés d'une histoire et emblématiques de périodes révolues. En effet, la mode *second hand* tire parti du paradoxe de l'époque actuelle : les nouveaux outils digitaux permettent d'être de plus en plus créatifs et disruptifs. Mais compte tenu des crispations nouvelles sur les questions d'inclusivité et de respect des cultures, la prise de risques s'avère très compliquée pour les marques et le discours devient de plus en plus lisse. Ce qui était possible dans les années 1990-2000, par exemple la tendance porno chic inaugurée à l'époque par Tom Ford, ne serait plus possible aujourd'hui. Le second marché apparaît ici comme une alternative au politiquement correct latent. Autre vertu de l'économie circulaire, les clients s'autorisent davantage de fantaisie dans le choix des modèles, l'objectif n'étant plus de posséder le sac de ses rêves mais d'en profiter pleinement avant de le remettre en vente sur le second marché. Pourquoi s'offrir un sac intemporel en cuir noir, autrefois destiné, au mieux, à être transmis ou offert, au pire abandonné, tandis que le changement est possible chaque saison ?

THÉMATIQUE 5

Comme sur le marché traditionnel du luxe où la maroquinerie contribue à près de 50 % des ventes, celle-ci arrive en tête des produits recherchés et constitue une véritable *cash machine*, loin devant les vêtements, plus difficiles à s'approprier et qui posent un problème de taille, de bien-aller et de style.

Malgré la concurrence endogène que cela crée, parce que l'argent dépensé par les amateurs de *vintage* n'est pas consacré à des produits neufs, le phénomène est aussi extrêmement porteur pour l'image du luxe. En recentrant le débat sur la valeur intemporelle du produit, celui-ci se démarque de la grande consommation. Il y a une vraie inflation sur certains articles *vintage*, notamment des sacs en séries limitées, qui leur confère une dimension d'objets d'art. La question du *second hand* n'est pas d'opposer les accessoires aux vêtements mais d'imaginer sa coexistence avec le marché des produits neufs et son interconnexion avec la mode actuelle. Comment les *fashion weeks* impactent-elles les recherches des consommateurs et la désirabilité sur les produits d'occasion ?

L'arrivée d'Hedi Slimane chez Céline illustre bien cette interactivité. Puisant assidûment dans les archives maison, ses silhouettes années 1970 ont dopé les produits *vintage* de la marque mais aussi, plus généralement, les vêtements et accessoires de cette époque, propulsant à nouveau la bourgeoise de Claude Sautet au goût du jour. Les griffes internationales qui ont bâti une image forte et intemporelle bénéficient de retombées post *fashion week* impressionnantes sur les sites de *second hand*, surtout lorsqu'elles ressortent des pièces inspirées de leurs archives. À quand pourrons-nous juger le succès d'un défilé au travers des ventes sur le second marché ?

THÉMATIQUE 9

La structure du marché d'occasion dans la mode est en pleine mutation et s'apparente désormais à une construction pyramidale. Les achats fonctionnels constituent la base et brassent toutes les marques populaires. Puis les griffes créatives et de luxe se partagent le cortège jusqu'au sommet réservé aux pièces et accessoires patrimoniaux, dont la rareté et l'importance dans l'histoire de la mode les conduisent jusqu'aux institutions muséales ou dans les collections privées.

Conséquence de cet enthousiasme pour l'occasion, les circuits se multiplient. Les enchères et certains sites généralistes de revente en ligne (eBay notamment) proposent, souvent sans distinction ni expertise, un spectre infini de pièces anciennes ou modernes. Les antiquaires de la mode et les boutiques spécialisées se concentrent sur un *vintage* d'exception, trié sur le volet.

Les dépôts-ventes captent la mode contemporaine, de même que les nouveaux sites de vide-dressing, de troc ou de location qui s'intéressent aux créations les plus récentes, ce qui devrait permettre, finalement, aux ventes aux enchères de se recentrer sur leur activité première, la mode historique et patrimoniale, la mode qui raconte une histoire.

THÉMATIQUE 10

Écoproduction, cessation des émissions de CO_2, énergies renouvelables, réchauffement climatique, réduction de l'empreinte environnementale, mode vegan, Fashion Pact… Les actions menées par le luxe pour un développement durable et en faveur d'un capitalisme responsable sont multiples et salutaires. Néanmoins, économie circulaire et second marché – qui représentaient déjà 9 % des 25 milliards de dollars générés par le luxe en 2018 – sont l'exclusif apanage des marques et enseignes de mode moyen de gamme et de *fast fashion*, en particulier celles dédiées à l'enfant (Cyrillus, Camaïeu, Kiabi, Petit Bateau, Jacadi, Bocage…). Soulignons ici la récente stratégie visionnaire et courageuse de Weston qui restaure et revend ses modèles iconiques dans ses points de vente physiques, côte à côte avec ses produits neufs. Le luxe manquerait-il d'audace tandis que son essence même réside dans ses qualités intemporelles d'excellence, de savoir-faire et de durabilité, sa mission de préservation, de développement et de transmission du patrimoine existant, sa capacité à entendre et à comprendre ses clients ? Si au lieu d'être une menace, le marché de la seconde main représentait une formidable opportunité pour le luxe du XXIe siècle ? Et plus particulièrement encore pour les maisons dont les éléments d'identification instantanée et le patrimoine spirituel n'ont cessé de se régénérer, réactivant sans cesse une grammaire stylistique rigoureusement établie ? J'en suis intimement convaincue, ne serait-ce que parce qu'il est un relais de croissance important – le marché secondaire mondial devrait atteindre 400 milliards de dollars en 2022, générés à 49 % par la mode – et un levier stimulant les ventes de produits neufs par le biais d'un écosystème qui s'auto-alimente. Ce cercle vertueux va bien au-delà de considérations purement économiques.

Pour les maisons de luxe, c'est l'occasion de renforcer sa différence, son savoir-faire, son niveau de qualité et d'intemporalité, de reconstituer son *storytelling*, de renouer avec son ADN et de stimuler sa créativité (car les clients, moins dans la possession que dans le plein usage immédiat, délaissent les modèles intemporels au profit de produits plus fantaisie), de générer du trafic et de recruter de nouveaux clients, les millennials notamment, qui accèdent aux marques de luxe via des produits d'occasion lesquels, revendus, leur permettront d'acheter, cette fois-ci, du neuf, mais aussi de récupérer le flux d'activités et d'informations clients qui a fui vers d'autres plateformes spécialisées, permettant l'exploitation d'une *database* décuplée, favorable à un CRM hyperperformant, ou encore de lutter contre le marché gris et la contrefaçon. En outre, cette nouvelle manière de consommer du luxe de seconde main sied parfaitement à la vision créative de longue durée, depuis toujours mise en avant, qui privilégie cohérence et fil conducteur d'une saison à l'autre plutôt qu'une rupture stylistique défilé après défilé, comme c'était la norme il y a encore peu de temps dans les studios. Elle correspond aussi à l'envie d'acheter plus raisonnablement et de se singulariser avec des produits devenus introuvables et qui ont une histoire. En réalité, tout l'enjeu réside dans la remise en cause du modèle existant afin de faire cohabiter premier et second marchés au sein des maisons. Cette cohabitation nécessaire constitue un défi fondamental à relever. Le passé doit propulser le présent, qui lui-même est tenu de bousculer la tradition pour mieux lui rendre hommage. Pour savoir où l'on va, il faut d'abord savoir d'où l'on vient. D'une part, les maisons doivent exercer une mission d'éducation notamment en cultivant et en célébrant leur héritage. Cela signifie contextualiser les produits à travers de l'iconographie, mais aussi par le partage d'informations chronologiques, historiques ou anecdotiques. Le produit de luxe d'occasion n'est pas seulement un référent commercial mais aussi un point d'ancrage culturel de plus en plus important dans l'imaginaire collectif. Il est fondamental de susciter un sentiment d'achat culturel, presque didactique, pour une clientèle internationale qui ne se contente plus d'un luxe globalisé, ostentatoire et dénué de sens.

D'autre part, proposer des produits de seconde main à forte désirabilité fait sens aujourd'hui, soit parce que ce sont des pièces intemporelles, des valeurs sûres, des *must-have* incarnant intrinsèquement l'ADN de la maison ; soit parce qu'il s'agit d'éditions limitées, de *collectors* ou de collaborations ; enfin parce qu'ils sont dotés d'une résonance évidente avec l'actualité stylistique de la maison ou plus généralement du marché.

RÉFLEXIONS LIBRES

Le marché de la mode et des accessoires de seconde main est à la croisée des enjeux actuels auxquels le luxe doit se mesurer, avec la mise en place d'un modèle permettant la coexistence synergique des produits neufs et d'occasion, tel un écosystème qui s'auto-alimente.

Entretien avec Claire Chassine-Lambert

Reçu le 2 mai 2020.

Thématiques 8, 9, 10 et réflexions libres non renseignées.

Claire Chassine-Lambert est experte indépendante agréée CECOA. Elle gère son cabinet d'expertise éponyme et est la fondatrice de la plateforme Pararé, se parer. Conférencière au Musée des Tissus, Lyon 2, elle intervient également au sein des écoles d'art et de mode telles que l'EAC, l'ESMOD, Supdemod, pour donner des cours d'histoire de la mode XIX-XXe siècles.

THÉMATIQUE 1

Le marché de la seconde main est lié aux capacités financières de l'acheteur. En effet, l'historique veut que celui qui n'a pas les moyens d'acheter neuf en boutique fasse preuve d'audace et de débrouillardise en fouinant, chinant, farfouillant pour dénicher les pièces rares qui pourront s'assembler par un montage esthétique tout à fait personnel, indépendant des diktats de la mode, des derniers défilés, aujourd'hui des dernières tendances.

L'acheteuse originelle de seconde main est donc « démerde », elle est décomplexée dans son rapport à l'argent puisqu'elle assume de ne pas acheter neuf, de faire de bonnes affaires en acquérant des pièces de collections passées. Cette démarche est devenue tendance, voire bientôt quasiment obligatoire par souci écologique ; à l'époque, le geste, l'attitude étaient osés ! Quelle époque me direz-vous ? On peut estimer que cela commence dans les années 1960, avec le milieu punk subversif, pour moi c'est Yves Saint Laurent qui lance véritablement cette tendance avec sa collection Haute Couture printemps-été 1971, « Libération », qui fait scandale. Ces tenues, inspirées par la période la plus noire de l'histoire de France au XXe siècle, accompagnées d'un zeste provocateur « Bois de Boulogne », choquent, mais ce qui marque les esprits, c'est la source d'inspiration d'un passé, d'un look ultra-récent que l'on n'hésite pas à customiser. La femme, la muse inspiratrice de cette tendance n'est autre que Paloma Picasso. Rencontrée peu de temps avant cette collection, cette dernière est fauchée, en froid avec son père qui lui a coupé les vivres, alors, pour s'habiller, elle chine aux marchés aux puces. Des pièces des années 1930, 1940, 1950 qu'elle mélange, superpose et porte rehaussées d'un turban sur le devant de la tête. C'est cette femme qui sera le socle de l'ADN de l'acheteuse de seconde main. Une recherche personnelle, une preuve de forte personnalité, audacieuse, qui développe son esthétisme propre loin des diktats et autres tendances à l'uniformisation.

THÉMATIQUE 2

Dans le choix de l'achat il y aura/a la fripe, des vêtements non griffés, peu onéreux, que l'on va choisir pour leur look au fort potentiel, révélateur d'une période, ou les pièces griffées. Ces articles peuvent s'acquérir aux puces, dans les salles de ventes, auprès des antiquaires de mode et, aujourd'hui, sur les plateformes en ligne, grâce à Internet. Et c'est intéressant d'observer l'évolution du comportement d'achat au fil des décennies, selon le lieu d'achat.

THÉMATIQUE 3

La seconde main s'est énormément popularisée grâce à Internet, ces dix dernières années, ce n'est plus une sorte de secret d'alcôve, une niche d'initiés réservée à quelques audacieux.

THÉMATIQUE 4

On constate deux types d'acheteurs différents, je n'évoque pas ici les institutions et gros collectionneurs internationaux, mais l'acheteur particulier. Disons qu'il y a l'acheteuse originelle, à la recherche de pièces rares, aussi bien vêtements que maroquinerie ou accessoires, qui a conscience que la recherche pourra être longue et sur différents supports et lieux, qui connaît parfaitement les tailles à acheter des années 1970-1990 ou 2000 pour rentrer parfaitement dedans. Cette dernière à une connaissance esthétique, visuelle de la coupe du vêtement. À l'inverse, l'acheteuse nouvelle, modeuse, voudra assouvir son envie de *it bag* ou d'une autre pièce phare par un acte d'achat d'immédiateté. Par conséquent, son intérêt se consacrera beaucoup plus sur la maroquinerie ou l'accessoire que sur le vêtement.

THÉMATIQUE 5

Il faut espérer que ces deux catégories d'acheteurs distinctes échangent, se nourrissent, s'inspirent l'une de l'autre, afin que le marché se développe sur tous les axes de la garde-robe ; aussi bien accessoires que vêtements.

THÉMATIQUE 6

Ces deux types de clients ne s'intéressent donc pas aux mêmes disciplines de la mode, cependant certaines tendances se vérifient et perdurent. Chanel, Hermès sont les marques les plus demandées que ce soit pour les sacs de référence, ou les tenues ou accessoires typiques de ces maisons.

Elles suscitent toujours autant d'intérêt et de convoitises. Les cotes ne sont cependant pas statiques, elles évoluent et suivent tout de même les tendances actuelles avec un léger décalage. Par exemple, depuis deux ans, les grands sacs sont beaucoup plus difficiles à vendre, alors que les petits, voire les minis, sont ultra demandés. C'est amusant de se rendre compte que le marché de la seconde main et celui de la première main sont tout de même étroitement liés. Il est à noter également que la demande contemporaine est beaucoup plus liée à certaines marques phares de référence du luxe pour toujours suivre la tendance. Eh oui, le marketing réussi des groupes de luxe fonctionne par ricochet sur ce second marché !

THÉMATIQUE 7

Être dans la tendance actuelle en achetant d'occasion les pièces phares des collections encore en boutique… On peut estimer que l'acte d'achat originel de ce marché s'est presque inversé.

Cette course aux *it bags* et autres pièces fortes des collections à des prix inférieurs aux prix boutique a entraîné un développement certain de la contrefaçon, toujours plus contemporaine. En effet, nous sommes de plus en plus confrontés à celle-ci, sur des pièces de plus en plus récentes, voire toujours en boutique.

Cette lutte de chaque jour contre la contrefaçon est difficile à mener sans l'aide et l'appui des maisons concernées. Ces dernières réfléchissent en parallèle à la manière d'intégrer ce marché porteur de la seconde main, je pense que ce sera réalisable si une collaboration intelligente peut se mettre en place. Pour ce faire, il y a de multiples pistes à suivre, comme par exemple une coordination des experts en collectif, afin que les marques n'aient qu'un seul et même interlocuteur, ou bien imaginer des formations régulières pour l'actualisation des connaissances, des collaborations régulières pour remonter des filiales, etc. Je pense qu'il est indispensable de réfléchir à une manière de travailler ensemble, afin que le marché de la seconde main demeure sain. C'est aussi bien l'intérêt des différents acteurs que nous sommes que ceux des grands groupes. Il est également indispensable que l'on transforme cet essai du collectif pour ramener en France l'épicentre de ce marché de la seconde main, tant au niveau des enchères et du marché de l'art que des plateformes Internet.

Entretien avec Dominique Chombert et Françoise Sternbach

Reçu le 6 mai 2020.

Dominique Chombert et Françoise Sternbach ont créé le cabinet Chombert et Sternbach en 1989, en débutant par des ventes aux enchères de fourrures. La fourrure étant une matière d'hiver, elles se sont ensuite tournées vers une matière complémentaire, le cuir. Cela les a amenées vers les ventes aux enchères de maroquinerie. Ensuite, Françoise Sternbach a débuté les enchères de bijoux fantaisie. À cette époque, les bijoux américains étaient à la mode sur le marché européen. À la même époque, elles ont fait leur première vente thématique et ont eu la possibilité de vendre une collection Line Vautrin. Françoise Sternbach s'est ensuite intéressée à la mode *vintage* ainsi qu'à la Haute Couture. Elles ont ainsi ajouté ce département de ventes aux enchères au précédent. Par la suite, elles ont toujours développé d'autres thématiques, afin d'élargir le secteur des ventes (telles que les ventes homme).

THÉMATIQUE 1

Françoise Sternbach : J'ai expérimenté l'achat en friperie lorsque j'étais jeune et que j'allais aux puces. Les fripes n'étaient pas celles d'aujourd'hui. Certains marchands montraient des robes anciennes signées Schiaparelli, Lanvin, des années 1920 ou 1930. Mais les fripes étaient surtout des vêtements peu chers, le plus souvent anonymes. Cela pouvait aussi être des vêtements militaires. Je me souviens qu'il était aussi question de cuir. C'est cela, pour moi, la fripe. La fripe n'est pas le *vintage* d'aujourd'hui.

Lorsque j'ai commencé en 1989, la mode *vintage* aux enchères était un nouveau créneau. Les clientes étaient étonnées, elles avaient envie de s'approprier ses pièces, cela ressemblait pour elles à une vitrine du faubourg Saint-Honoré. Ce n'était pas de la fripe, ce n'étaient pas les puces, ce n'étaient pas les marchands du Marais qui vendaient des chemises à 5 € : c'étaient de belles pièces. Nous étions obligées, nous, expertes, de regarder la qualité et de juger si c'était vendable. Lorsque nous avions une pièce ancienne et rare, nous étions ravies.

Il existe des clientes qui souhaitent se séparer de leur garde-robe. Certaines jeunes femmes n'ont pas les moyens d'aller dans les boutiques et de dépenser une certaine somme pour un vêtement. Lors des ventes aux enchères, le prix est bien entendu inférieur aux prix des boutiques, ce qui explique le succès de ces ventes. Ces acheteuses peuvent ainsi s'offrir ce dont elles ont rêvé. Cet achat est alors valorisant puisqu'elles ont acquis une robe que l'on ne voit pas partout, semblable à une pièce unique. C'est une des raisons qui expliquent l'essor du *vintage*.

THÉMATIQUE 2

[Peut-on dire que la seconde main est une réaction à la *fast fashion* ?] *Dominique Chombert* : Pour ma part, je trouve la question réductrice. La *fast fashion* est une façon d'utiliser le vêtement : on le porte deux, trois mois, il est de mauvaise qualité et on le jette. Je ne suis pas d'accord avec l'appellation de « *fashion* » pour les marques telles que Zara ou Gap. Le *turnover* de leurs collections est affolant. Toutefois, ces marques citées ne sont pas vendues aux enchères. Il existe bien des sites, tels que Vinted, les proposant à la revente : on y trouve ainsi des vêtements à 30, 40, 50 €. En outre, au début de Videdressing, des marques à petits prix étaient aussi vendues. La seconde main de la *fast fashion* donne la possibilité au plus grand nombre d'accéder à des vêtements de seconde main et de s'offrir un vêtement à 50 € à la place des 200 € en boutique. Pourquoi pas, c'est une tendance… Néanmoins, il y a mode et mode : ce terme générique est si vaste et l'on y met un peu tout et n'importe quoi.

THÉMATIQUE 3

[Internet est-il l'élément conjoncturel expliquant l'accélération du marché de la seconde main au cours de ces dix dernières années ?] *Dominique Chombert* : Totalement. En ventes aux enchères, le digital est un outil que nous ne pouvons pas contrer. Tout d'abord, grâce à Internet, les ventes aux enchères ont la possibilité d'être diffusées en ligne et en *live*, ce qui leur confère une plus grande visibilité. Toutefois, la visibilité des ventes aux enchères est ponctuelle, tandis que les sites disposent d'une visibilité permanente. Ainsi, chaque fois que je rencontre une personne pour la première fois, une discussion similaire à celle-ci se déroule : « Qu'est-ce que vous faites ? », « Je suis experte à Drouot. », « Experte en quoi ? » Je dis : « Dans la mode et l'accessoire. » On me regarde alors avec des yeux ronds comme des billes. Personne ne sait – en dehors des habitués de Drouot – que l'on y vend de la mode et des accessoires. De plus, nous sommes, en tant qu'expertes, adossées au fichier client des commissaires-priseurs. En cumulant nos fichiers et ceux du commissaire-priseur, nous culminons à sept mille noms. Mais que sont ces sept mille noms par rapport à un site ? Bien peu de chose face au trafic et aux millions de membres de Vestiaire Collective, par exemple. Nous réalisons encore un minimum de deux ventes mensuelles de mode et d'accessoires. Mais il y a encore trois à quatre ans, nous produisions quatre ventes par mois. En comparaison, le *turnover* d'un site n'a rien à voir avec celui d'une vente aux enchères. Les sites Internet donnent la possibilité aux acheteurs ainsi qu'aux vendeurs d'être actifs du matin jusqu'au soir, selon leur emploi du temps. C'est un rythme qui reste impossible à adapter aux ventes aux enchères : les objets y sont présentés au public durant une journée d'exposition et, dès le lendemain, leur mise en vente est effectuée. Si vous n'êtes pas disponible au moment de la vente aux enchères, c'est un achat que vous ne faites pas. En outre, sur Internet, si l'objet ne correspond pas au descriptif, vous avez la possibilité de le rendre. L'achat ne comporte donc que très peu de risques. Mais les sites Internet sont générationnels, ils s'adressent à une clientèle plus jeune que notre clientèle habituelle des enchères. C'est la raison pour laquelle les marques diffèrent entre celles mise en ventes aux enchères et celles vendues sur les sites : le panel y est beaucoup plus important.

Nous avons été les expertes d'Instant Luxe. Le créateur de ce site est venu nous trouver à notre bureau, il y a maintenant douze ans. C'était un ancien *golden boy* et c'était à l'époque de l'effondrement de la bourse. Il nous a alors expliqué son idée : créer un site de vente de produits de luxe, le marché étant en plein essor. Il nous a dit : « Je veux sécuriser les objets. » Au début, mon associée, Françoise Sternbach, n'a pas voulu que nous soyons expertes sur ce projet. Toutefois, si nous n'avions pas accepté, d'autres experts auraient pris cette place. Il y a déjà dix ans, Internet représentait un marché porteur et d'avenir. Sans aucun doute, l'accélération du marché de la seconde main, depuis dix ans, est due à Internet.

THÉMATIQUE 4

Dominique Chombert : La cliente acheteuse et la cliente vendeuse peuvent être les mêmes. Ce sont des femmes qui ont parfaitement compris le cycle d'achat-vente de la seconde main : suite à leur achat, elles revendent très vite afin de contrer l'effet de mode. Pour revendre, il faut donc aller plus vite que le cycle de démode.

Ainsi, l'acheteuse est souvent celle qui n'a pas les moyens d'aller dans un magasin pour s'acheter un vêtement qui lui plaît. Elle consulte donc les catalogues des ventes aux enchères et navigue sur Internet. Elle trouve le vêtement dont elle avait envie mais qu'elle n'avait pas la capacité financière d'acheter en boutique. Ainsi, elle devient acheteuse. La question du budget peut donc déterminer la personne qui achète de la mode de seconde main. Dans ce cas précis, les acheteuses sont excessivement exigeantes et c'est un fait nouveau, puisqu'elles étaient précédemment plus souples. Aujourd'hui, l'offre est si importante que leur niveau d'exigence s'est accru. Ainsi, le vêtement ou le sac doit être dans un état presque parfait, presque identique à l'état dans lequel il pourrait sortir du magasin. Toutefois, la seconde main fonctionne sur un double levier : d'un côté, la pièce actuelle achetée en seconde main et de l'autre, la pièce iconique, *vintage*. Cette dernière est fortement désirable et recherchée. La pièce *vintage* ne s'adresse pas à la même acheteuse : son aspect économique n'est pas le critère essentiel.

Quant à la cliente vendeuse, elle vend pour de multiples raisons. Pour l'exemple de la Haute Couture, les clientes sont en majorité des personnes âgées. Ce sont aussi des personnes qui disposaient d'appartements de surface importante (de 200, 300, 400 m^2) et se retrouvent dans l'obligation de réduire leurs espaces : elles réduisent donc en premier leur garde-robe. Cela arrive assez fréquemment puisque tout le monde ne dispose pas d'une résidence secondaire pour y entreposer celle-ci. Il peut aussi être question de succession. Ainsi, les clientes ont hérité de vêtements qui ne leur conviennent pas. Les vêtements peuvent être anciens et elles n'ont pas envie de les porter, ou encore les vêtements appartenaient à une personne proche et, par sentiment, elles n'ont pas envie de se les approprier. Il y a enfin le cas des revers de fortune, dus à des divorces et des changements d'activité professionnelle. Ces clientes-là avaient précédemment les moyens d'acheter beaucoup. Or, du jour au lendemain, elles n'ont plus les mêmes possibilités. Ainsi, elles vendent. Et aujourd'hui, il est facile de vendre et de trouver les acheteurs.

L'écologie a un impact sur les ventes aux enchères de fourrure. Avant, les fourrures *vintage* se vendaient justement dans un esprit écologique : c'est un animal qui a été tué il y a très longtemps, je ne fais pas travailler le fourreur, c'est un vêtement qui est déjà passé de main en main. Ainsi, si j'achète, je n'ai plus d'arrière-pensée vis-à-vis de l'animal. Ces dernières années, je faisais des ventes aux enchères de fourrures récentes pour des effets de mode. Désormais, un frein aux ventes de fourrure s'observe.

Concernant l'écologie et le vêtement, je pense que nous voulons nous donner bonne conscience. Il faut savoir que le prêt-à-porter émet près de 20 % du CO_2 mondial. C'est donc une réflexion environnementale importante. Il est vrai que le mouvement est en marche : les sacs réalisés en matière végétale par Stella McCartney en sont des exemples concrets. La maison Cassina a fait une collection avec Starck en cuir végétal, réalisée avec des pelures de pommes. Mon métier d'origine est le cuir et la fourrure, et je peux vous dire qu'au niveau de l'aspect et du toucher, on ne voit pas la différence. Il y a aussi des exemples de jeunes créateurs prenant des vêtements de seconde main et les transformant en vêtements actuels. Toutefois, de nombreuses années s'écouleront avant que l'acte d'achat soit entièrement dicté par l'écologie. Ce credo est celui des sites Internet, car il est bien entendu positif.

THÉMATIQUE 5

Françoise Sternbach : Les chaussures et les sacs [sont le futur de la mode de seconde main]. *Dominique Chombert :* Depuis quelques années, que ce soit en seconde main ou en boutique, l'accessoire offre des possibilités d'acquérir des objets actuels. On peut avoir une garde-robe qui date de plusieurs années, on s'achète un nouveau sac, une nouvelle paire de chaussure : et hop, on est de nouveau dans le courant de la mode. Le renouvellement des accessoires et des chaussures permet à une garde-robe de rester à la mode. Ce n'est d'ailleurs pas pour rien qu'il existe aujourd'hui le *it bag*. C'est l'accessoire de mode par excellence.

Tout le monde ne fait pas du Saint Laurent, de l'intemporel. L'avantage avec

Saint Laurent, c'est que l'on achetait un chemisier, on le remettait sur une jupe ancienne, sur un tailleur, sur un pantalon, et on avait l'esprit du moment. Aujourd'hui, les collections de vêtements ne sont pas pareilles. Il y a une notion de mode et de démode beaucoup plus importante dans le vêtement. Je pense que l'accessoire va prendre le dessus.

THÉMATIQUE 6

Françoise Sternbach : On ne peut pas répondre non à cette affirmation [Chanel et Hermès sont les marques phares de la seconde main].

Dominique Chombert : Je ne suis pas entièrement d'accord. Vous oubliez une grande marque : Louis Vuitton, dont les quantités de produits vendus sont plus importantes que Chanel et Hermès. Éventuellement donc, nous pourrions dire Hermès, Chanel, Vuitton. Ensuite, j'ai parlé précédemment des *it bags*. La maison Céline était une maison oubliée. Or, il y a dix ans, Phoebe Philo créa le sac Luggage. Ce *it bag* fit repartir les ventes de cette marque. Il s'est ensuite très bien revendu en seconde main. Vous avez également la maison Dior, un acteur incontournable du marché du sac. Ils ont remis le sac Lady Di à la mode. C'est un sac que nous vendons aussi très bien en ventes aux enchères. Aujourd'hui, ils l'ont remodelé, repensé. Les collections Dior d'aujourd'hui sont excessivement créatives. Ils ont repris les logos des années 1970, ils font des sacs cabas, ils font des besaces. Ils ont remis le sac selle en selle, si je puis dire. Vous avez aussi un autre acteur, la maison Fendi. Le sac baguette Fendi des années 1990 revient. Vous avez aussi un autre acteur italien, Gucci. N'oublions pas Chloé, une maison importante : ses *it bags* ont marqué la mode. Le sac Paddington s'est vendu à des milliers d'exemplaires. Quant à Hermès, la maison est basée uniquement sur de la sellerie-maroquinerie. Chanel offre un double produit, sac, bijoux et mode. Chanel et Hermès, oui, mais pas que…

Si vous prenez l'exemple du Kelly – à part un véritable expert qui a le sac dans l'œil –, un Kelly des années 1970 et un Kelly des années 2020 ont très peu d'écart. La poignée a changé, le rabat n'est plus tout à fait à la même hauteur. Les sacs Kelly retournés et les Kelly selliers sont toujours produits. Une cliente peut acheter un sac Kelly des années 1980 en parfait état. Son amie, en le voyant, peut tout à fait penser qu'il s'agit d'un sac actuel.

L'individu est valorisé par la marque qu'il porte et qu'il revêt. Ce n'est pas pour rien que toutes les marques mettent leur logo partout : c'est un symbole reconnaissable. C'est une démarche qui reste importante lorsque l'on va acheter un objet de seconde main. Mais de nombreuses personnes sont également attirées par l'achat de vêtements anonymes des années 1970 et 1980, dont les tissus étaient de belle qualité. La marque n'est pas une fin en soi pour ces clients-là.

La période de Karl Lagerfeld chez Chanel a été prolixe. Chanel et Karl Lagerfeld : c'est un monde à part.

Monsieur Lagerfeld a créé un empire pour Chanel. Au fil des collections Haute Couture, prêt-à-porter, croisière et métiers d'arts, il a su garder l'esprit de Mademoiselle Chanel tout en le modernisant. Il se permettait des écarts, mais ces écarts étaient extraordinaires et n'entachaient en rien l'esprit de la maison. Il y a bien entendu des aficionados de l'époque de Karl Lagerfeld. Je pense que certaines pièces de cette époque vont être recherchées et prendre de la valeur. Concernant la maison Chanel, on constate aujourd'hui un certain virage pris. La dernière collection est très logotypée, ce qui amène une nouvelle clientèle, plus jeune.

Hermès a créé des ateliers pour agrandir leur production. Les ventes Hermès sont essentiellement tirées par l'Asie. On peut se poser la question de savoir quelle sera la position future de ce marché par rapport à cette maison. C'est une marque chère, les sacs de très haut luxe se vendent en Chine et dans les Émirats. C'est pour cela que le marché de la seconde main a une épingle à tirer. Les prix du marché de la seconde main resteront toujours en dessous des prix des boutiques des maisons.

THÉMATIQUE 7

Dominique Chombert : La contrefaçon est un sujet excessivement brûlant. C'est un marché colossal. Précédemment, les contrefaçons provenaient d'Italie et du Maroc… Elles étaient réalisées de façon suffisamment grossière pour que l'on puisse les détecter avec un peu d'expérience. La qualité des cuirs n'était pas non plus au rendez-vous. Aujourd'hui, le chiffre d'affaires de ce marché est tout aussi important, autant que celui de la drogue. En outre, les Chinois se sont mis dans la contrefaçon. Il existe ainsi des sites Internet vendant des fabrications chinoises *replica*.

Aujourd'hui, face aux produits contrefaits, la suspicion est de mise. Précédemment, les modèles grand public étaient contrefaits en priorité, mais désormais les pièces *collectors* (en édition limitée) le sont tout autant. Sur le marché de la mode, un très large panel de produits est ainsi copié. La société américaine Entrupy arrive toutefois à détecter un certain nombre de contrefaçons. Toutefois, lorsque nous recevons un sac Kelly des années 1980, la poignée peut avoir été changée par Hermès. En tant qu'expertes, nous nous devons de préciser ce changement en indiquant « poignée non d'origine, refaite par la maison Hermès ». Néanmoins, l'algorithme d'Entrupy, lui, ne le voit pas forcément. Ce qu'il voit, ce sont les coutures, la qualité du cuir, le tampon (ils sont capables d'analyser la quantité d'encre dans le tampon), l'accastillage avec l'écriture Hermès. La maison Hermès utilise désormais le laser pour la signature. Or, selon la pression de la main, la signature n'est pas la même. Ainsi, il est de plus en plus difficile de détecter une contrefaçon, même pour eux, malgré la puissance de leur machine. Il est impossible d'être sûr à 100 %. La contrefaçon est une plaie.

Françoise Sternbach : Je suis d'accord pour que l'on fasse passer des examens aux futurs experts de la mode et des accessoires. Qu'ils aient un diplôme.

Dominique Chombert : Les sites Internet sont signataires d'une charte de lutte anti-contrefaçon. À l'époque où nous étions expertes pour Instant luxe, nous avions voulu y participer. Mais nous n'avons jamais eu la possibilité d'y avoir accès (à cause de notre statut de personne morale).

Lorsque nous avons des doutes raisonnables sur un objet, un sac ou une montre, et que nous allons voir la maison, le refus est systématique. Aucune maison ne veut nous aider. L'expert est seul face à la contrefaçon. À part apprendre sur le terrain, il n'y a pas de formation possible. Nous faisons ce métier depuis trente ans, je peux dire aujourd'hui que je ne suis pas sûre à 100 %. Je préfère rejeter s'il y a un doute. Cette situation est très récente car la contrefaçon est désormais trop bien faite. Les contrefacteurs achètent des sacs originaux, les démontent et les copient avec une telle minutie, point par point.

Tant que les experts ne pourront avoir porte ouverte dans les maisons mères, la contrefaçon perdurera. En outre, les maisons ne peuvent empêcher le marché de la seconde main : il est puissant et essentiel. Lorsque madame X achète son sac dans une boutique, elle en est propriétaire. Or, si elle a envie de le revendre quarante-huit heures plus tard, elle le revend. La maison ne peut rien y faire.

Certaines clientes ne veulent en aucun cas acheter de la seconde main : elles ne désirent que du neuf. Elles se rendent donc en boutique, se lassent dans un second temps de leur acquisition – un sac rouge, par exemple – et utilisent enfin la possibilité de revendre en seconde main, à un bon prix. Avec cette enveloppe, la même cliente retourne à la boutique pour s'acheter un nouveau sac neuf. Mais les maisons ne souhaitent pas comprendre ce schéma et préfèrent juger la seconde main de la manière suivante : elle leur prendrait directement de l'argent dans la poche. Or, cette affirmation est fausse puisque boutiques et seconde main sont parallèles et complémentaires. Par ces prises de position, les maisons favorisent la contrefaçon dont nous pourrions être les écrans. C'est un grand sujet de discussion. La mode de seconde main représente un marché de soixante milliards de dollars : là-dedans, quel est le pourcentage de faux ?

THÉMATIQUE 8

Dominique Chombert : Les États-Unis sont déjà dans la seconde main depuis très longtemps. Ils ont été sensibles à la notion du *vintage* très tôt. C'est un marché incroyable. Lorsque nous avons commencé les ventes aux enchères Hermès, Vuitton, Chanel, nous avions beaucoup de clients américains. Toutefois, ces mêmes acheteurs se sont aperçus, dans un second temps, que les États-Unis étaient également un grenier de la mode et des accessoires. Ils ont finalement cherché et trouvé chez eux ce qu'ils pouvaient acheter chez nous. Nous avons aussi été les premières à faire des thématiques

(Saint Laurent, Pierre Cardin) et nous aimons beaucoup ce modèle de vente qui donne une vue d'ensemble de la création d'une maison ou d'un créateur. L'Asie est un marché essentiellement tourné vers la maroquinerie. La mode, portée par Chanel, peut faire éventuellement partie du shopping des familles européanisées. La Haute Couture des années 1960, 1970 n'est toutefois pas partie prenante de leur culture. La clientèle asiatique aime plutôt la mode actuelle. En Afrique, il est plus question de sous-marques. Hermès et Chanel disposent de peu de magasins, dans certains *malls* de luxe seulement. Ce ne sont pas ces marques qui les attirent. L'Afrique représentera une niche d'acheteurs.

La Chine a longtemps été le plus grand producteur de contrefaçon Vuitton. Les Chinoises ont voulu, dans un second temps, se débarrasser de leur sac contrefait pour enfin acheter en magasin des vrais sacs Vuitton. Cet achat représentait une réussite sociale : elles possédaient un authentique Louis Vuitton. La maison Chanel a d'ailleurs augmenté ses prix à travers le monde afin de les égaliser et de les aligner aux différentes TVA internationales. Cette politique a conduit à un bond colossal des prix en boutique.

THÉMATIQUE 9

Dominique Chombert : Concernant la fermeture d'Instant Luxe : le site a été vendu aux Galeries Lafayette, ces dernières auraient pu le faire grandir afin qu'il devienne un acteur important. Instant Luxe était un site très intéressant, il était d'une grandeur familiale. Les clients étaient fidèles, quinze personnes géraient le site ce qui permettait une relation immédiate. C'était un petit site qui aurait pu se développer (sans devenir pour autant comme The RealReal, Vestiaire Co ou Videdressing). C'était quelque chose à part, dans l'esprit français. Le luxe y était bien défendu. Nous ne voulions expertiser que du luxe, car nous savions qu'il y avait beaucoup trop de contrefaçons dans les produits haut de gamme. Le fondateur avait été d'accord et avait décidé de défendre des marques de luxe.

À l'époque, nous travaillions avec Rémy Le Fur, dans l'étude Poulain-Le Fur. Lorsque cette étude a été rachetée par Artcurial, nous y avons donc amené les ventes Hermès. C'est comme cela qu'Artcurial a débuté les ventes de cette thématique. Lorsque Françoise Sternbach a créé les ventes Hermès, elle était très attachée au savoir-faire de la maison. Que ce soit la sellerie, les sacs, mais également l'art de la table, les bijoux, les foulards : c'est-à-dire tous les produits qui portaient la marque Hermès.

Aujourd'hui, les ventes aux enchères Hermès d'Artcurial sont basées essentiellement sur des produits de maroquinerie. De notre côté, nous continuons à faire des ventes Hermès et nous les réalisons depuis dix ans avec l'étude Gros et Delettrez. Nous présentons toujours à la vente l'ensemble des départments de la maison Hermès.

Nous avons essayé de faire une vente aux enchères sur la marque Dior. Lorsque l'on pense à Dior, on pense tout de suite à la couture, on pense au *vintage*. Nous y avons mis des sacs et il faut savoir que la maroquinerie Dior est à la mode depuis peu de temps. Le département de l'art de la table était quant à lui très intéressant. Dans les années 1970, ce département dessinait son propre modèle : le fameux ananas, un seau à glace qui a été dans toutes les maisons bourgeoises de Paris et de Navarre. Il y avait une véritable notion de collection et de création. Toutefois, même avec Dior, nous avions eu du mal à créer une vente aux enchères. Quant à la marque Gucci : nous n'avons jamais réussi. Chanel et Hermès sont les deux seules maisons avec lesquelles nous arrivons à construire en vente aux enchères, avec une variété de produits autres que la maroquinerie. Avec Louis Vuitton, les ventes thématiques sont aussi possibles : les départements des malletiers, de la maroquinerie, des montres, des bijoux et de la mode sont très importants.

THÉMATIQUE 10

Dominique Chombert : Les marques refusent ce second marché. C'est un déni, un refus total.

RÉFLEXIONS LIBRES

Dominique Chombert : La mode est un éternel recommencement. La mode ancienne est toujours source d'inspiration par rapport à la mode moderne. La preuve : dans la maison Dior, tous les couturiers ont repris le tailleur Bar pour le réactualiser, le déformer, le mettre au goût du jour. Ce qui prouve bien que l'esprit des créateurs des maisons de couture peut être détourné – même des collections emblématiques des années 1940, 1950, 1960 –, mais on retrouvera toujours cet esprit d'origine. Petit à petit, beaucoup de maisons vont finir par abandonner la couture car elle coûte très cher. Le passé a été effectivement créatif, tellement créatif qu'aujourd'hui beaucoup de créateurs s'en inspirent. On revient à des effets de mode des coutures anciennes, de tissage, d'impression et de détails. Le futur est toujours à la recherche de l'ancien pour faire un présent inventif.

Françoise Sternbach a eu la chance d'être très proche de monsieur Alaïa. Lorsque nous écoutions Azzedine parler de Vionnet, de Poiret – maison très ancienne –, il les portait aux nues. Ces maisons ont cherché des coupes nouvelles, ont fait un vrai travail de recherche et d'invention sur les vêtements – comme Azzedine, d'ailleurs, qui a fait un travail très précis. Mais Alaïa ne cachait pas le fait que le travail de Vionnet l'avait toujours inspiré dans ses coupes. La Haute Couture continue d'inspirer et continuera de fasciner les jeunes créateurs. Dans des maisons de prêt-à-porter, dans les bureaux de style ou les studios, des personnes sont chargées d'acheter des vêtements anciens, pour prendre un détail et les mettre sur les vêtements actuels. Tant qu'il y aura de la Haute Couture ancienne sur le marché, elle restera une source d'inspiration très importante.

Les inspirations peuvent venir de façon différente. Vous avez aussi l'inspiration de la matière, celle du futur qui enlèvera la migraine ou qui soulagera le dos. Le créateur Marithé + François Girbaud s'est par exemple toujours attaché à la matière, à trouver des tissus qui avaient un sens. Ce n'est pas anodin. Face à l'écologie, il y aura peut-être un regard nouveau, nous amenant à rechercher de nouveaux tissus, contre le froid, contre le chaud. C'est tout à fait possible que les jeunes créateurs s'en emparent. Les tissus seront importants.

Il y a, par rapport à la seconde main, toute une philosophie. Il y a longtemps, nous avions organisé une vente aux enchères Yves Saint Laurent dans laquelle étaient présentés quatre cents vêtements de prêt-à-porter. C'était la première fois qu'une vente offrait autant de vêtements. Une journaliste vient durant l'exposition et s'adresse à moi. Elle me demande alors : « Tous ces vêtements ont été portés ? » Je lui réponds : « Oui, bien évidemment. » Elle ajoute ensuite : « Et les gens achètent des vêtements portés ? » Je lui souffle de façon sarcastique : « Pourquoi, madame, vous vous habillez uniquement en Haute Couture ? » Elle me répond, surprise : « Pas du tout, mais pourquoi cette réflexion ? » Je lui explique alors : « Madame, lorsque vous rentrez dans un magasin, à votre avis, le vêtement que vous allez essayer, il n'a pas été porté ? Vous pensez que c'est la première fois qu'il est essayé par quelqu'un ? C'est un vêtement qui a peut-être été essayé dix fois, quinze fois, et vous serez la vingtième personne, et vous allez l'acheter. C'est un vêtement neuf ou c'est un vêtement déjà porté vingt fois ? Moi, je vends parfois des vêtements qui ont été portés cinq fois, c'est tout. La seule solution pour avoir un vêtement qui n'a jamais été porté, c'est de s'habiller en Haute Couture, sinon ce n'est pas possible. »

Il n'y a que le sur-mesure qui définit le vêtement en tant qu'unique. Tout le reste a été essayé. La robe Haute Couture est faite sur soi, aucun autre corps ne passe dedans. Ce sont des Stockman qui défilent sous cette robe.
Françoise Sternbach : Les vêtements faits comme les anciennes collections ont toujours existé, même au temps de la fripe. Lorsque je me promenais, il y avait des robes qui étaient refaites dans le goût des années 1930, 1940. Il y a un marché qui reproduit l'ancien, même avec les marchands de mode. Lorsque j'avais vingt ans, j'y allais souvent : il y avait des marchands qui vendaient des robes dans le goût 1930, même perlées, et cela se voyait à la grossièreté du travail de la couturière. Moi, je suis une femme des années 1970, lorsque j'ai commencé à faire des ventes aux enchères, j'ai vendu beaucoup des vêtements de ces années car elles étaient très créatives. On voyait ces vêtements refaits à la manière et j'en ai beaucoup refusé : il y avait de la malfaçon et tout ce qui n'était pas d'origine, pas d'époque. Cela permet à l'expert de faire son travail, c'est-à-dire sélectionner les vêtements. C'est pour cela que l'on devrait insister, que ce soit à l'École du Louvre ou ailleurs, pour qu'il y ait des diplômes pour les futurs experts. Ce n'est pas à nous, anciens experts, que revient le rôle de désigner qui expertise bien.

Entretien avec Collector Square

Reçu le 12 mai 2020.

Thématique 5 et réflexions libres non renseignées.

Sara Bennani est responsable du département maroquinerie chez Collector Square.

THÉMATIQUE 1

La seconde main englobe l'ensemble des biens d'occasion et tous les niveaux de gamme, du vêtement à bas prix aux objets de luxe et de collection. Plus qu'une tendance, il s'agit désormais presque d'une philosophie, car l'achat-revente de seconde main s'inscrit dans une démarche de consommation plus raisonnée et sensée, qui est plébiscitée par toutes les générations, et en particulier les jeunes amateurs de luxe, également à la recherche de pièces au caractère plus unique ou chargées d'histoire tout en étant attentifs à leur pouvoir d'achat.

THÉMATIQUE 2

D'après moi, la seconde main est devenue un mode de vie et de consommation « écoresponsable » qui s'est fortement développé sur les dix dernières années en réponse à la surconsommation, et qui s'adresse autant au grand public qu'au collectionneur en quête de l'objet introuvable ou de la « bonne occasion » d'un point de vue prix.

THÉMATIQUE 3

Je pense que le développement des plateformes digitales a permis d'ancrer la seconde main dans les mœurs, grâce à la richesse de l'offre disponible, mais aussi, pour le luxe, grâce aux services et aux garanties proposées par certains sites. Internet a permis de présenter sous un autre jour la seconde main, en dépoussiérant l'image que nous avions des dépôts-ventes classiques. De manière générale, le digital a contribué à rendre ce secteur plus transparent et à structurer un marché auparavant émietté. Concernant les objets de luxe, l'accélération du marché s'explique aussi par le développement de plateformes « curatrices » permettant d'accéder à une offre choisie et expertisée associée à un haut niveau de service proposé : la livraison en vingt-quatre heures, l'expertise et la garantie des objets, le *personnal shopping*, la rapidité de la vente et du paiement pour les vendeurs…

THÉMATIQUE 4

Chez Collector Square, nous rencontrons trois types d'arguments pour les clients : l'attrait du prix, la recherche de pièces *vintage* dont la production est arrêtée et la recherche d'éditions limitées ou de pièces de collection. Plus de 65 % des clients recherchent chez Collector Square des pièces iconiques, des valeurs sûres quasi patrimoniales à la cote parfois croissante sur les quinze dernières années. Pour la plupart des collections toujours produites par les marques, les pièces sont accessibles sur Collector Square à un prix décoté de 30 à 50 % par rapport au prix du neuf. Nous fixons nos prix sur les prix du neuf et sur la disponibilité en boutique pour établir le prix le plus juste des objets présentés, mais également en nous référant à notre indice LuxPrice-index, qui rassemble près de trois cent mille résultats de ventes aux enchères dans le monde, par marques, modèles et références. L'expérience client est au cœur des préoccupations, chez Collector Square, pour qui l'enjeu est de miser sur la *sélection*. Près de dix mille objets sont expertisés et sélectionnés pour leur désirabilité et leur excellent état. Nos points de vente à Paris (un *showroom*, 36, boulevard Raspail, Paris 7e, et un *pop-up store*, 69, rue du faubourg Saint-Honoré, Paris, 8e) permettent d'accueillir nos clients. Les services proposés, tels que l'expertise en amont, la prise en charge de l'ensemble du *process* de vente pour les vendeurs, la garantie des montres, l'expédition sous vingt-quatre heures, sont autant de prestations qui contribuent à une expérience d'achat et de vente en ligne haut de gamme. La motivation des vendeurs s'inscrit également dans une démarche économique et philosophique : on remet en circulation ce que l'on ne porte plus ou on vend dans l'optique d'acquérir une nouvelle pièce. Les vendeurs se tournent vers Collector Square pour sa transparence concernant ses commissions en dépôt-vente comme en achat immédiat. Nombre de nos vendeurs pratiquent la compensation en vendant une pièce en vue de s'en acheter une autre sur notre site.

THÉMATIQUE 6

Chanel et Hermès sont en effet deux maisons prestigieuses qui ont su innover tout en préservant leur qualité et leur ADN, et pour qui l'objet doit être porteur d'une histoire et être le témoin d'une époque et d'un savoir-faire. Ces deux maisons ont su créer des modèles iconiques dont la demande n'a jamais observé de déclin à travers le temps et dont la valeur a même progressé sur les dix dernières années (le prix moyen du Kelly de Hermès a par exemple été multiplié par quatre d'après le LuxPrice-index). Sur Collector Square, en maroquinerie, Hermès et Chanel sont les deux marques les plus vendues en volume et en valeur. La signature en seconde main a toujours été considérée comme une valeur sûre et est encore aujourd'hui synonyme d'investissement, en comparaison avec les pièces non signées. Dès lors que l'état et l'authenticité sont garantis, acheter un objet Hermès, Chanel, Rolex ou encore Cartier n'est pas risqué ; ce sont des valeurs sûres dont la cote est stable voire augmente dans le temps pour certaines collections comme le Birkin, le Kelly ou la Rolex Daytona. Je pense que les marques vont accentuer ce phénomène de rareté et se concentrer sur des collections plus petites mais recentrées sur leurs collections phares. Avec la crise sanitaire que nous vivons, il n'est pas impossible que la production des marques baisse, que les circuits de commercialisation se réduisent ou que les durées de commercialisation soient raccourcies pour dynamiser les ventes mais aussi valoriser leurs clients.

THÉMATIQUE 7

La contrefaçon et l'expertise sont au cœur de nos métiers. On estime que Collector Square est aujourd'hui le seul site qui expertise physiquement 100 % des objets avant leur mise en ligne et qui stocke 100 % de ses objets, ce qui permet d'assurer à l'acquéreur la disponibilité de l'objet mais aussi une expédition dans les vingt-quatre heures après commande. Actuellement, le plus sûr moyen pour lutter contre la contrefaçon reste la vérification rigoureuse et physique de chaque objet avant sa mise en vente. L'expertise des objets manufacturés est indiscutablement un métier à part entière, qui s'apprend encore aujourd'hui essentiellement sur le terrain et pourrait faire l'objet de formations diplômantes.

THÉMATIQUE 8

Il y a fort à parier que le marché de la seconde main se concentrera dans les prochaines années sur trois ou quatre grands acteurs internationaux, dont feront peut-être partie les maisons de luxe. Déjà très présent et structuré en Asie et aux États-Unis, le marché de la seconde main se développera sans aucun doute dans toutes les zones consommatrices de luxe, telles que le Moyen-Orient et l'Amérique du Sud, malgré parfois les freins culturels. Dans un contexte de forte croissance et d'augmentation des volumes d'objets disponibles sur le marché, l'enjeu principal va être la structuration de ce marché autour d'acteurs sérieux et pérennes, ainsi que la lutte contre la contrefaçon.

THÉMATIQUE 9

Le marché de la seconde main s'est structuré durant les dernières années et se divise aujourd'hui en quatre grandes catégories : les places de marché en ligne, les boutiques physiques traditionnelles, les maisons de vente aux enchères et les *e-shops*. On observe que pour les pièces dont la valeur moyenne est inférieure à 500 €, la place de marché entre particuliers en ligne est le modèle dominant, avec une communication axée sur la communauté. Ensuite, les objets exceptionnels pouvant atteindre de très hautes valeurs sont le plus souvent vendus chez les prestigieuses maisons de vente aux enchères. Enfin, c'est dans la catégorie d'objets dont la valeur moyenne se situe entre 1 000 et 10 000 € que les *e-shops*, tels que Collector Square, dominent le marché en proposant une offre choisie, accompagnée d'un niveau de service élevé indispensable à l'achat et à la vente d'objets de luxe haut de gamme.

THÉMATIQUE 10

Les marques coopèrent déjà avec les acteurs de la vente d'objets de seconde main et les contacts que Collector

Square entretient avec les maisons de luxe sont positifs. Les marques sont en phase d'observation de ce marché de la seconde main en pleine mutation et ont tendance à encourager la prise en charge de ce marché par des professionnels du luxe qui utilisent les codes des grandes maisons en assurant le même niveau de service. Collector Square réalise la promesse des marques en donnant du crédit et de la valeur à leurs objets.

Entretien avec Decades

Reçu le 8 mai 2020.

Thématique 9 non renseignée.

Cameron Silver est le fondateur de Decades Inc., basée à Los Angeles, en Californie.

THÉMATIQUE 1

Je porte des vêtements *vintage* depuis l'adolescence. J'ai porté un Tuxedo des années 1940 au bal de mon lycée, en 1987. Quand j'ai lancé Decades, en 1997, beaucoup de gens étaient réticents à l'idée de porter des vêtements « d'occasion » mais, après démystification, porter du *vintage* ou du *pre-loved* est non seulement devenu socialement acceptable, mais aussi prestigieux. Fournir du *vintage* ou un objet issu d'une saison passée est excitant car il y a là un incroyable sentiment de faire une découverte inattendue. Dans un monde où la technologie a rendu tout accessible sur nos appareils électroniques, il y a quelque chose de très séduisant à trouver un objet qui n'est pas vendu dans des centaines de magasins ou de sites.

THÉMATIQUE 2

Les gens ont envie de nouveauté dans leur dressing et, comme alternative à la *fast fashion*, le meilleur choix est parfois d'acquérir quelque chose de vieux. Porter du *vintage* favorise la longévité des vêtements dans une garde-robe. J'ai un problème avec les gens qui pensent qu'ils ne peuvent porter une pièce qu'une seule fois. Je dis toujours : « Le chic est dans la répétition ! » Le modèle de la *fast fashion* contredit cette philosophie, tandis que le *pre-loved* la célèbre !

THÉMATIQUE 3

Certainement, Internet a rendu l'achat de mode et d'accessoires *pre-loved* plus accessible et a élargi son public, tout comme le goût pour l'achat d'objets du passé.

THÉMATIQUE 4

Nous expédions nos pièces et je trouve que nos expéditeurs sont aussi certains de nos meilleurs clients. Decades vent du *vintage* de collection et de la mode *pre-loved* des saisons précédentes et d'autres qui remontent jusqu'au début du XXe siècle. J'aime les choses uniques, qui tendent à s'éloigner des bases. Nos clients apprécient cet engagement.

Avant toute chose, ce qui fait qu'un client achète du *vintage*, c'est la qualité. Il y a aussi quelque chose de réconfortant à se dire que c'est la forme ultime de consommation verte et, certainement, acheter d'occasion a ses avantages, il y a un bénéfice économique. Je pense que les trois facteurs sont très pertinents.

THÉMATIQUE 5

C'est une question intéressante. L'année dernière, de plus en plus de nos clients se sont intéressés aux vêtements d'occasion, l'accent étant jusqu'alors mis sur les accessoires des maisons de luxe. Bien sûr, les accessoires sont toujours populaires mais vous ne pouvez pas sortir de chez vous en ne portant qu'un sac à main ! La mode *vintage* est le lieu idéal pour trouver la veste parfaite, la blouse chic ou la robe cocktail qui bâtira les fondations de votre garde-robe.

Tout est question d'équilibre. Si nous ne nous intéressons qu'aux accessoires, nous ne racontons pas l'histoire de la mode de luxe. Les grands noms iconiques comme Chanel, Dior, Givenchy, Yves Saint Laurent, etc. se sont construits d'abord sur de beaux vêtements, et ensuite y ont ajouté des accessoires, de la beauté. Toutes les facettes des marques de luxe doivent être célébrées et préservées, aussi, j'espère que nous pourrons continuer à tirer plaisir des vêtements, aussi bien que d'un grand sac.

THÉMATIQUE 6

Hermès et Chanel sont des marques incroyablement puissantes sur le marché de la seconde main. Toutefois, certaines marques de niche peuvent être très populaires aussi, particulièrement celles avec des éditions limitées.

Chez Decades, nous nous focalisons sur le luxe, mais c'est une catégorie très large. De nombreux revendeurs se spécialisent dans un secteur particulier comme le Denim, les T-shirts ou certains textiles. Decades vend des vêtements et accessoires de créateurs.

Il est certes important de connaître les grandes marques populaires actuelles, mais aussi celles qui émergent. En outre, parce que mes activités portent davantage sur le *vintage* historique comme les pièces phares des années 1920 ou 1950, en plus de la mode de collection qui date parfois seulement de quelques années, la connaissance large des tendances et de l'histoire de la mode m'est nécessaire.

Quand Karl Lagerfeld est décédé, il y a peu, on a pu observer un fort attrait pour les pièces qu'il a créées durant sa phénoménale période chez Chanel. Chanel a toujours été une marque faite pour les collectionneurs. Karl Lagerfeld a conçu de nombreuses collections emblématiques, mais elles ont désormais une signification supplémentaire. Decades a toujours eu beaucoup de respect pour le travail de Lagerfeld chez Chanel, aussi bien que chez Fendi, Chloé ou sa marque éponyme. Les produits de la marque Hermès, eux, sont toujours hautement désirables. La rareté augmente la valeur et Hermès fait un excellent travail de protection de l'intégrité de sa marque. Cependant, il sera intéressant d'observer comment la demande réagira à l'augmentation de l'offre.

THÉMATIQUE 7

Nous avons une forte expérience de la vente d'articles de luxe et, depuis vingt-trois ans, nous avons appris à authentifier les objets. Nous prenons notre temps lors du traitement de nouveaux stocks, pas seulement à cause des risques de contrefaçon, mais aussi pour le contrôle qualité. C'est dans l'intérêt d'une marque de luxe de protéger l'intégrité des produits qui sont vendus sur le marché de la seconde main. Nous devons tous travailler de concert pour pouvoir identifier la contrefaçon.

THÉMATIQUE 8

Je pense que l'Asie a un potentiel majeur. Il y a là-bas un tel amour pour la mode ! Et j'ai pu constater que nous avions de plus en plus de clients chinois, chez Decades, qui découvrent le *vintage* (en particulier des pièces des années 1970 et 1980) et le mélangent en toute confiance avec du neuf pour se créer un look unique.

Il ne fait aucun doute que la pandémie actuelle constitue un obstacle majeur pour chacun des aspects de nos vies. Je dirais que l'avenir de la mode de seconde main est de se rapprocher du marché du neuf et de s'occuper davantage de la conservation des pièces *vintage* de collection uniques en leur genre, qui complètent la saison en cours, car, après tout, c'est ainsi qu'une fashionista moderne s'habille.

THÉMATIQUE 10

Je pense qu'il faut un partenariat nuancé entre les marques et les revendeurs. Je ne sais pas exactement à quoi cela pourrait ressembler mais je sais que protéger l'intégrité d'une marque sur le marché de la seconde main augmente la désirabilité et la réputation de ses produits sur le marché du neuf. Les gens achètent en boutique en étant conscients de la valeur de revente. Si une marque de luxe n'a pas une forte valeur de revente, cela peut décourager les gens d'investir dans les pièces de la saison en cours. Beaucoup de revendeurs attendent les remises et les promotions. Nous devons trouver un équilibre qui soit gagnant-gagnant pour les marques, comme pour les consommateurs ou les revendeurs.

Les gens qui achètent de la mode d'occasion achètent également du neuf. Les gens qui achètent de la *fast fashion* achètent également de la mode durable, aussi bien que du haut de gamme. Le consommateur est très intelligent. Nous devons tous offrir un service client impeccable et faire preuve de transparence.

RÉFLEXIONS LIBRES

Je suis fier que Decades ait fait partie du mouvement *pre-loved* avant que la mode durable et le *vintage* se généralisent. J'ai toujours eu un objectif clair et réalisé des sélections à la fois appropriées et inspirantes. Acheter « petit », local et durable n'a jamais paru aussi pertinent que de nos jours. Il y a de la place pour tout le monde et le marché continuera de grandir tout au long du XXIe siècle.

Entretien avec Imparfaite

Reçu le 14 mai 2020.

Ariane de Béchade et Camille Gabbi, sont les cofondatrices d'Imparfaite, la *marketplace* spécialisée dans la vente de vêtements et accessoires *vintage*. Elles ont à cœur de différencier la seconde main du *vintage*. Le *vintage* fait partie de la « seconde main » mais pas l'inverse. La seconde main est la revente d'un produit quel qu'il soit. Il peut être issu de la *fast fashion*, acheté la saison dernière, par exemple, porté ou non, puis revendu. Ce produit est souvent de mauvaise qualité, produit dans les conditions que l'on reproche à l'industrie de la mode, à l'autre bout du monde, et revendu par une femme qui cherche à acheter de nouveau en neuf. On voit ce type de produits de faible qualité envahir la plupart des plateformes de revente, ce qui rend difficile la recherche de jolies pièces. La seconde main plus générale n'intéresse pas, chez Imparfaite, car selon ses fondatrices, elle encourage les modes de consommation compulsifs où la revente ne fait que nourrir plus d'achats de première main de faible qualité et à fort coût écologique. La mission d'Imparfaite est le *vintage*. Il représente toutes les pièces produites avant les années 2000, avant l'avènement de la production de masse. Grâce à l'artisanat de l'époque, elles sont fabriquées dans de belles matières, avec de belles finitions, leur qualité leur ayant permis de passer l'épreuve du temps. Elles portent en elles une part d'histoire qui touche, et sont uniques. Il y a très peu de chances de trouver plusieurs modèles identiques, ce qui crée une émotion très particulière lorsqu'elle nous appartient. Ces pépites *vintage* étaient jusqu'alors cachées dans des boutiques spécialisées un peu partout en France et dans le monde. La mission d'Imparfaite est de les rendre accessibles à toutes, sur un site simple et inspirant, afin d'en faire une réelle alternative à la *fast fashion*.

THÉMATIQUE 1

Imparfaite est née d'un constat : l'achat en friperie est compliqué et chronophage. Il faut arpenter les différentes boutiques, y passer du temps, fouiller dans des *racks* souvent chargés et bien connaître sa morphologie. La trouvaille de la perle rare est toujours très incertaine. Si cette quête est un pur bonheur pour certains mordus de chine, elle peut rapidement devenir pénible et décourageante pour la plupart des femmes. Imparfaite est là pour simplifier ce travail de recherche, comme une bonne amie qui fait le tri pour vous et ne garde que le meilleur. En rendant ces trésors plus accessibles, notre conviction est que de plus en plus de femmes auront envie d'acheter *vintage* et d'en faire un nouveau mode de vie.

La fripe est une manière plus brute de parler du *vintage* et, même si elle est synonyme de mine d'or pour n'importe quel styliste, ce mot porte une connotation plus négative pour le commun des mortels. La seconde main, quant à elle, englobe de manière plus générale tout article ayant déjà appartenu à quelqu'un. Elle peut correspondre à une pièce de la saison passée, achetée en *fast fashion* ou dans une boutique de luxe.

Acheter de la seconde main est devenu conforme à la mode par souci de différenciation. L'avènement des réseaux sociaux, surtout Instagram, encourage les jeunes femmes à trouver leur style, à se différencier en trouvant leur individualité. Le fait d'avoir des vêtements uniques est le nouveau critère de goût. Personne ne veut ressembler à son voisin. Le *vintage* est quasiment devenu un marqueur social prouvant que l'on est capable de distinguer le beau, ce qui a de la valeur et de le faire de manière intelligente car pas cher. Plus besoin d'aller dans une boutique de luxe et de se ruiner pour posséder quelque chose de qualité. Les belles pièces sont enfin revalorisées et nous trouvons cela plein de promesses.

THÉMATIQUE 2

La conscience écologique aiguise l'attrait pour la seconde main, c'est une certitude. Dans une société mondialisée où les informations circulent à la vitesse de l'éclair, il est impossible de fermer les yeux sur l'impact écologique et humanitaire de la *fast fashion*. La seconde main est le pendant du bio dans l'agroalimentaire. Par ailleurs, nous vivons dans une époque où tout va à cent à l'heure, beaucoup cherchent du sens pour retrouver un certain équilibre. La consommation de vêtements se doit d'être cohérente avec nos nouveaux rythmes de vie. Il semble incohérent pour une femme qui mange bio et fait du yoga d'aller acheter ses vêtements en *fast fashion*.

Les jeunes générations sont les plus incroyables à observer dans ce nouveau mouvement. La force de leur engagement et leur conscience écologique nous éblouissent et nous rassurent. Ce sont eux les moteurs du changement, car ce n'est que le début.

THÉMATIQUE 3

La facilité d'accès à Internet a évidemment joué un rôle majeur dans l'accélération du marché de la seconde main, mais aussi les nouvelles technologies, avec des portables toujours plus ergonomiques, des photos de qualité et des mises en ligne simplifiées grâce aux applications.

Chez Imparfaite, nous souhaitons digitaliser le secteur du *vintage*, grand oublié de l'ère Internet, en développant des outils spécifiques pour ces professionnels qui ont beaucoup de stock. Avec la crise du coronavirus, on aurait pu croire que cela aurait encouragé le repli sur soi ; cela a au contraire encouragé le sens de la communauté et, avec lui, ces nouveaux modes de consommation, en valorisant l'authenticité, les échanges, le local, l'écoresponsabilité. Une consommation qui a plus de sens.

THÉMATIQUE 4

La cliente acheteuse de seconde main cherche plus de singularité dans son look, en s'appropriant les tendances à sa manière. Elle est en quête de sens et d'émotion, et la seconde main lui permet d'accéder à des belles pièces de qualité à prix doux, l'écoresponsabilité étant la cerise sur le gâteau, effaçant tout sentiment de culpabilité qu'elle pouvait avoir en achetant du neuf.

La cliente vendeuse cherche à y voir plus clair dans sa garde-robe, en ne gardant que ses essentiels. La revente des vêtements qu'elle ne porte plus lui permet d'acheter de nouvelles pièces, mais elle les voit désormais comme un investissement, puisqu'elle aura la possibilité de les revendre. Elle mise donc sur des pièces plus intemporelles et de meilleure qualité.

La mode prend ainsi une dimension plus éternelle, en créant un cercle vertueux. On achète de belles pièces en seconde main, on en prend soin, on les revend. Chez Imparfaite, nous allons bientôt permettre aux acheteuses de pouvoir revendre leurs pépites *vintage* chinées sur le site. Ainsi, elles achètent en ayant conscience qu'elles auront la possibilité de les revendre dans quelques mois ou années. Les clientes cherchent une expérience simple et personnalisée. Soit elles savent ce qu'elles cherchent et veulent pouvoir trouver leur coup de cœur rapidement, soit elles sont en quête d'inspiration. Chez Imparfaite, nos critères de filtre permettent de trouver en quelques clics la pièce désirée et, à travers nos thématiques et nos *photoshoots* de looks *vintage*, nous aiguillons celles en quête d'inspiration.

L'acte d'achat est selon nous poussé par les trois buts en parallèle. Les clientes cherchent des pièces tendances, de belle qualité, à petit prix et sans sentiment de culpabilité.

THÉMATIQUE 5

Nous pensons que le vêtement va prendre petit à petit le relais sur l'accessoire. Aujourd'hui, l'accessoire est indéniablement le leader du marché de la seconde main de luxe, car c'est la pièce de marque que l'on peut s'offrir sans se ruiner. Nous pensons que le *vintage* va dépasser le luxe, car il répond à la même problématique : celle de se différencier. Il coche une case supplémentaire : l'écoresponsabilité. On est fière de porter du *vintage*, on affirme haut et fort notre conscience écologique. Et pas seulement à travers un accessoire, car les petits prix nous donnent l'opportunité de nous habiller en *vintage*, alors que la seconde main de luxe hors *vintage* reste encore trop inabordable. Le vêtement *vintage* aura ainsi une place privilégiée sur le marché de la seconde main, par rapport à l'accessoire qui reprendra une place plus annexe.

THÉMATIQUE 6

Les produits phares de seconde main sont Chanel et Hermès car ce sont les deux marques au sommet de la pyramide du luxe, aussi belles qu'inatteignables en neuf, par leur rareté et leur prix. Elles suscitent le rêve et sont perçues comme des investissements. La seconde main comprend évidemment des produits de luxe, mais pas uniquement. Ce qui fait la force du *vintage* n'est pas tant la marque que la singularité de la pièce.

THÉMATIQUE 7

L'avènement de la contrefaçon est arrivé avec la *fast fashion* dès les années 2000. Étant spécialisées dans le *vintage*, nous ne rencontrons pas cette problématique, les pièces de plus de vingt ans n'étant pas copiées à l'époque. Il est cependant primordial de pouvoir reconnaître une vraie pièce *vintage*, et cela passe par les yeux experts de nos partenaires, qui sont exclusivement des vendeurs professionnels.

THÉMATIQUE 8

La conscience écologique est mondiale et le coronavirus permet d'étendre cette prise de conscience aux plus sceptiques. L'engouement pour la seconde main est planétaire et nos clientes viennent de tous les continents. Les réseaux sociaux et notre communication en anglais nous ont permis de nous tourner dès le premier jour vers l'international, et l'engouement pour la seconde main française est très fort. Le *made in France* fait rêver les clientes du monde entier. Les grands enjeux de la prochaine décennie seront d'ordre écologique et la seconde main est la seule solution 100 % écoresponsable pour une mode plus durable.

THÉMATIQUE 9

Notre société est en constante mutation et les mentalités fluctuent. Nous avons pu le constater plus que jamais avec le coronavirus. Chez Imparfaite, nous gardons toujours un œil ouvert sur le monde et sur les désirs des clientes, afin de nous adapter constamment. Il faut savoir embrasser le changement et ne pas avoir peur des grands bouleversements. Lors de la crise du coronavirus, nous avons entièrement revu notre logistique en lançant l'envoi direct du vendeur à la cliente, sans passer par notre atelier. Cela a permis à nos clientes de pouvoir continuer de recevoir leurs trésors lors du confinement et cela a été une expérience enrichissante et positive, que nous allons poursuivre.

THÉMATIQUE 10

Les marques ne peuvent plus faire l'impasse sur ce second marché puisque c'est l'avenir de la mode. La seconde main pousse les marques à être plus écoresponsables, grâce aux clientes désormais plus exigeantes sur la transparence des méthodes de fabrication et sur la qualité des pièces. L'ère du beau et du bien fait remplacera progressivement les deux dernières décennies de *fast fashion*. Chez Imparfaite, notre mission est de créer un nouveau réflexe d'achat mode plus écoresponsable, en donnant aux clientes le goût des belles pièces. Nombre d'entre elles, auparavant adeptes de *fast fashion*, nous écrivent en nous remerciant de les avoir aidées à changer leur perception de la mode. Plutôt que de nous montrer moralisatrices, nous sommes persuadées qu'il n'y a rien de plus convaincant que d'avoir dans les mains une pièce *vintage* pour comprendre ce que doit être dorénavant la mode de demain.

RÉFLEXIONS LIBRES

Nous sommes fières de faire partie des acteurs de ce changement, en rendant accessibles à toutes les femmes de la seconde main de qualité. L'évolution de l'industrie de la mode passera avant tout par les clientes et par leur façon de consommer. Pour cela, il est indispensable de répondre à leurs besoins, de comprendre ce qu'elles recherchent, pour offrir enfin une réelle alternative écoresponsable à la *fast fashion*.

Entretien avec Jérôme Lalande

Reçu le 27 avril 2020.

Thématiques 8, 9 et réflexions libres non renseignées.

Jérôme Lalande est expert auprès de la cour d'appel de Paris, dans les domaines de la haute maroquinerie et des produits de la marque Hermès. Il est expert auprès de grandes maisons de vente aux enchères, de sites Internet, ainsi que de sociétés de revente de produits de luxe. Il collabore également depuis plus de vingt ans avec la société Hermès dans la recherche de produits anciens de la maison.

THÉMATIQUE 1

J'avais expérimenté l'achat en friperie dans les années 1980 et j'y avais même pris goût. L'originalité des pièces proposées, leur grande diversité et les prix attractifs permettaient au plus grand nombre de se trouver une identité vestimentaire plus précise et plus personnelle que ce que pouvait proposer le marché. On pouvait aussi acquérir de jolies pièces, de belle qualité ou de renom, plus facilement. Les puces de Saint-Ouen regorgeaient à l'époque de friperies.

Aujourd'hui, la seconde main est très différente de la fripe. Tout est dit dans la dénomination ! La fripe était vendue dans des boutiques physiques, souvent dans des quartiers périphériques, elle concernait une marchandise relativement ancienne (entre dix et cinquante ans). La seconde main est accessible via des canaux très différents et concerne une marchandise qu'on ne voyait pas avant. Elle est constituée de pièces récentes, très variées et qui s'adressent au plus grand nombre, et plus seulement à ceux qui ne trouvaient pas dans le marché du neuf une identité vestimentaire. L'acceptation de la seconde main est aujourd'hui plus répandue. Les produits sont récents, souvent peu ou pas portés, les canaux d'achat sont simples et les boutiques sont en centre-ville ! Internet et les dernières applications ont définitivement achevé de convertir les nouvelles générations qui sont les plus sensibles à la seconde main. Aujourd'hui, la seconde main est acceptée, parfois encouragée, car elle permet la valorisation des produits, l'échange, le choix infini et le tout dans un budget acceptable.

THÉMATIQUE 2

[Peut-on dire que la seconde main est une réaction à la *fast fashion* ?] Ce n'est pas une réaction, c'est une voie différente, une alternative. Pour tous ceux qui ne se retrouvent pas dans les dernières tendances et pour ceux dont les dernières nouveautés ne sont pas prioritaires, la seconde main est une solution adéquate. Il y a tellement de maisons de mode et de styles qu'aller piocher dans des collections passées n'est finalement qu'une voie aussi originale que les autres. Aujourd'hui, plus que la mode, c'est le style qui s'affirme. Et ce style peut être construit de mélanges de modes et d'époques. Et il peut durer des années, voire devenir un incontournable : la marinière, le trench, les bottes, etc. Paradoxalement, on retrouve aussi des aspects de la *fast fashion* dans la seconde main. Revendre rapidement ses vêtements, en acquérir tout aussi rapidement et facilement de nouveaux, c'est aussi l'un des aspects de ce mode de consommation.

THÉMATIQUE 3

L'organisation, la diffusion, l'expansion et la structuration du marché de la seconde main sont définitivement la résultante du développement d'Internet. Comme pour tous les produits, mais plus encore pour la seconde main, Internet a été un formidable accélérateur. Contrairement à des marchés comme les voitures, par exemple, où le maillage de diffusion et la publicité étaient déjà présents depuis bien longtemps, le marché de la seconde main a véritablement été popularisé, vulgarisé et diffusé par Internet et, désormais, les applications mobiles. Quand certaines pièces demeuraient très urbaines, voire parisiennes, les nouveaux réseaux de vente digitaux ont aujourd'hui rendu possible des ventes n'importe où dans le monde, pour n'importe quel type de vêtement ou d'accessoire, et vers une clientèle internationale. Mais Internet est aussi le vecteur de prise de conscience écologique et économique qui promeut des actes et des attitudes plus responsables et plus soucieux du respect de la planète.

THÉMATIQUE 4

L'achat et la vente sont des actions complémentaires pour beaucoup de clientes. Les acheteuses sont aussi vendeuses dans la plupart des cas. C'est une question économique, esthétique et aussi comportementale. L'expérience d'achat/revente répond à des motivations différentes :

- acquérir à moindre coût l'objet ou le vêtement ;
- trouver la pièce ancienne qui correspond à ses attentes ;
- obtenir une pièce rare ;
- faire de la place dans ses armoires ;
- renouveler son stock de nouveautés.

Les intentions sont multiples et sont parfois différentes à l'achat et à la vente pour le même objet et la même personne ! L'écologie est, pour l'instant, une justification accessoire pour les clientes, mais qui se développe peu à peu.

THÉMATIQUE 5

Du point de vue de la praticité, les accessoires se prêtent parfaitement à la vente en ligne :

- l'essayage n'est pas nécessaire ;
- les modèles sont en règle générale connus, donc pas de déception à l'arrivée sur une couleur ou une taille ;

- certaines pièces, notamment les plus chères, sont à la fois des achats mais aussi des investissements ;
- les accessoires peuvent devenir des icônes ou des classiques intemporels ;
- ils sont plus faciles à conserver en nombre et à collectionner que les vêtements.

Les accessoires sont également plus ancrés dans les mentalités comme étant des objets pouvant avoir des secondes vies. On ne retrouve pas de doutes ou de réticences comme sur les vêtements déjà portés (hygiène, adaptation du produit). Nous gardons tous en tête une belle histoire de transmission entre deux générations d'un sac ou d'un accessoire, plus que d'un vêtement.

THÉMATIQUE 6

Dans la seconde main comme dans tous les marchés, il y a des produits phares, ceux que beaucoup désirent, sur lesquels il y a de la spéculation, et des prix élevés, voire records. Majoritairement, ces produits sont siglés des plus grandes marques françaises et italiennes. Néanmoins, le marché de la seconde main ne se résume pas à la vente de ces produits de luxe, même si leurs marges restent plus intéressantes. Certains sites ou applications mobiles se sont d'ailleurs spécialisés dans les vêtements et les accessoires entre 10 et 200 €. Ils forment un grand espace d'échange virtuel où les objets n'ont pas besoin d'être physiquement présents. C'est une variante d'eBay, avec une spécialité et des prix fixes.

La marque reste un attrait majeur pour le marché de la seconde main, elle est synonyme de reconnaissance sociale, de valeur ajoutée, d'investissement, d'achat plaisir raisonné et de valeur de revente élevée. En profitant d'un produit qui a quelques années ou une légère patine, les marques deviennent accessibles à une clientèle plus large. Les marques fascineront toujours. Le sac Kelly existe depuis bientôt quatre-vingt-dix ans, et il y a fort à parier qu'il existera toujours dans cinquante ans, tout comme le champagne Dom Pérignon ou les tailleurs en tweed Chanel. Dans un monde où les fabrications et les propositions sont multiples, les marques rassurent de par leur histoire et leur culture, en proposant des offres de qualité. La demande est loin de faiblir, avec l'augmentation de la population mondiale et l'accès aux produits de luxe pour un nombre de clients toujours plus nombreux. Les cadences de production arrivent à peine à suivre la demande mondiale pour certains produits phares des marques.

THÉMATIQUE 7

Le développement du marché, son éclatement, son internationalisation conduisent à observer régulièrement des dérives, principalement sur des pièces à haute valeur ajoutée, principalement les sacs à main, Hermès et Chanel en tête. L'une de ces dérives est la vente de pièces contrefaites. On distingue deux catégories de contrefaçon :

- la contrefaçon dite « de marché », où vendeurs comme acheteurs savent parfaitement que le produit est une imitation bas de gamme ;

- la contrefaçon haut de gamme, qui concerne surtout certains modèles de sacs Hermès ou Chanel, extrêmement coûteuse à produire car de belle qualité.

Ces dernières ont pour but de faire passer le produit contrefait pour un vrai. Les copies haut de gamme nécessitent un œil averti et expérimenté, or les experts en haute maroquinerie sont rares sur le marché mondial et encore trop peu de structures font systématiquement appel à eux.

C'est aujourd'hui le seul moyen de faire face à ce fléau et de proposer une marchandise vérifiée, gage de reconnaissance et de pérennité pour la structure vendeuse. De tradition et de pratique, l'expertise est réalisée par des personnes ayant au moins dix ans d'activité dans la branche concernée. Il n'existe pas vraiment de formation et on peut affirmer que c'est la combinaison d'un bon œil, de connaissances et d'expérience qui font un expert qualifié. À cela, bien sûr, doivent s'ajouter des qualités d'intégrité et de droiture. La meilleure école est encore d'apprendre auprès de la maison mère, privilège que j'ai eu avec la maison Hermès, fruit d'une étroite collaboration.

THÉMATIQUE 10

Longtemps insensibles au marché de la seconde main, les marques sont aujourd'hui attentives. Dans toutes les grandes maisons, désormais, le sujet du *vintage* est devenu une veille technologique ou une réflexion en *stand-by*. La simple observation du marché de l'occasion ou de l'art est un excellent moyen de se sensibiliser aux futurs succès. Lorsqu'un modèle ancien est de nouveau très recherché sur le marché de l'occasion, les marques puisent alors dans leurs archives et ressortent des produits actualisés. C'est d'autant plus le cas que la maison est ancienne et que la production passée est riche. La prise de conscience collective donne une opportunité aux marques de développer des concepts, des essais dans le recyclage, l'échange ou la remise en état. Beaucoup de grandes marques possèdent désormais un service après-vente digne de ce nom, avec des espaces pour recevoir les clients, de véritables équipes internes formées à la réparation des pièces anciennes. C'est le premier pas vers cette demande constante mondiale d'optimisation des ressources. Les marques doivent maintenant trouver comment entrer pleinement dans le monde de la seconde main, marché important et porteur d'image.

Entretien avec Les Merveilles de Babellou

Reçu le 8 mai 2020.

De son nom de petite fille « Babellou », Isabelle Klein a fait naître Les Merveilles de Babellou. Passionnée de mode ancienne et d'antiquités, elle recrée avec talent l'esprit des boutiques d'antan au marché Paul Bert des puces de Saint-Ouen. Les Merveilles de Babellou sont devenues en quelques années l'adresse incontournable en matière d'élégance française. Les plus grandes griffes s'y côtoient comme Chanel, Hermès, Yves Saint Laurent, Christian Dior, Paco Rabanne et bien d'autres encore, des années 1920 à nos jours. Du *vintage* à la Haute Couture pour tous les amoureux de cette beauté d'hier... Un monde merveilleux à découvrir !

THÉMATIQUE 1

Je suis déjà rentrée, il y a quelques années, dans des boutiques dites « friperies » où l'on achète des vêtements au poids pour me donner une idée de ce que l'on y proposait. C'est un concept qui n'est pas du tout le mien. On y trouve des vêtements assez bas de gamme ou des fins de série, rien de griffé et rien de vraiment qualitatif au niveau des matières. Cela peut satisfaire une certaine clientèle car cela reste du vêtement d'occasion très peu cher. Rien à voir avec les boutiques qu'on appelait « friperies » lorsque j'étais jeune, c'est-à-dire dans les années 1980. Dès l'âge de treize, quatorze ans, jusqu'à la trentaine, j'ai eu l'occasion de m'acheter beaucoup de vêtements *vintage* dans des friperies en province. On y trouvait encore des vêtements de toutes époques. Beaucoup de 1900, 1920, 1950. Et je ne m'habillais moi-même qu'avec ces fripes, avec des qualités de tissu sublimes. Les friperies d'aujourd'hui n'ont plus rien à voir avec celles d'il y a quarante ans. Selon moi, la seconde main, qui n'a rien à voir avec la friperie, est à la mode depuis ces dernières années car elle permet aux clientes de s'acheter des vêtements qui valaient une somme parfois conséquente en neuf et qui, en seconde main, sont à des prix beaucoup plus attractifs. L'acte d'achat, dans ce cas de figure, est donc économique et valorisant en fonction de l'ancienneté de la pièce, car désormais plus rare.

THÉMATIQUE 2

On ne peut pas faire de généralités car on va trouver des clientes qui vont s'acheter de la seconde main, mais de façon sporadique, et continuer malgré tout à consommer des vêtements « kleenex » en masse. J'ai très peu de clientes qui s'habillent uniquement en seconde main, malheureusement. Elles achètent de la seconde main qu'elles portent et mélangent avec des vêtements actuels, peu importe leur provenance.

Je ne suis pas sûre qu'il y ait une prise de conscience encore suffisante sur les dangers de la surconsommation. Les prix de vente des vêtements dans les grandes chaînes bien connues sont tellement peu élevés qu'ils sont extrêmement tentants et attractifs. On se dit : « Oh, c'est 20 ou 30 €, je l'achète ! » La force de ces grandes enseignes, c'est qu'ils copient tous les vêtements *vintage*, avec des tissus, des coupes et des imprimés qui s'en inspirent à 100 %. Face à l'engouement d'une partie de la population pour la mode *vintage*, il y a eu une explosion de boutiques qui ont ouvert, en tout cas en France, avec des marchands connaisseurs et d'autres moins, persuadés que ce serait la poule aux œufs d'or. La réalité du marché est beaucoup plus compliquée que cela. Il s'avère que les vêtements sont très compliqués à vendre, car toujours plus chers que les articles en vente dans les grandes chaînes de vêtements neufs.

THÉMATIQUE 3

Internet a ouvert un nouveau marché, mais extrêmement aléatoire et très compliqué, notamment à cause des possibilités de retour (problème de taille et d'état). Malgré tout, cela reste un marché qui est devenu incontournable et qui nous permet de nous faire connaître dans le monde entier et, bien sûr, de vendre davantage.

THÉMATIQUE 4

En ce qui me concerne, il y a vraiment une différence entre les clientes qui me vendent et celles qui m'achètent. Elles font rarement les deux. Les clientes vendeuses ont compris qu'elles pouvaient tirer profit de leurs pièces anciennes et souhaitent s'en dessaisir car elles ne les porteront plus jamais. Quant aux clientes acheteuses, elles ont envie de se faire plaisir avec une pièce *vintage* pour laquelle elles ont un coup de cœur. L'esthétique est le premier critère d'achat avec la notion, tout de même, de faire une affaire par rapport au prix que la pièce a pu valoir à l'époque où elle était vendue en première main.

THÉMATIQUE 5

Je vends beaucoup plus d'accessoires que de vêtements et c'est une grande déception pour moi car les femmes ont perdu la notion ou le goût d'être à la mode. En dehors de certaines exceptions, elles ont besoin de s'habiller de façon beaucoup plus passe-partout. D'où le fait qu'elles vont avoir beaucoup plus envie de s'acheter un accessoire ou un bijou qui donnera la petite touche d'originalité.

THÉMATIQUE 6

Oui, malheureusement, les produits phares de la seconde main, aujourd'hui, sont ceux des marques de luxe françaises. J'ai constaté, ces dernières années, que je vendais beaucoup plus ces produits-là que des pièces plus anciennes qui sont pourtant sublimes, originales, de très belle facture et fabriquées par des petites mains de l'époque mais sans griffe connue. Cela a beaucoup moins de succès. Il y a une obsession de la marque car c'est un signe d'appartenance sociale.

THÉMATIQUE 7

L'explosion du faux est un problème majeur qui sera de plus en plus difficile à gérer. Même les plus grands experts ne sont pas infaillibles et ce sera de plus en plus compliqué pour nous tous, vendeurs de seconde main. Je pense qu'il y aura toujours deux marchés extrêmement distincts dans la seconde main : les grandes marques de luxe et tout le reste, avec deux clientèles totalement différentes. Il y a une demande beaucoup plus importante dans le domaine du luxe mais où l'achat sera de plus en plus compliqué.

THÉMATIQUE 8

Selon moi, le futur, c'est l'Asie. Tout simplement parce qu'ils adorent le luxe et qu'ils sont de plus en plus nombreux à avoir les moyens d'y accéder.

THÉMATIQUE 9

Je ne me sens pas concernée par la guerre que peuvent mener les différentes plateformes e-commerce entre elles, ni par les grands groupes de commissaires-priseurs. Ce ne sont que des intermédiaires entre les vendeurs et les acheteurs. Les maisons de vente aux enchères vont s'installer là où elles pensent qu'il y a le plus de riches clients potentiels, c'est logique. Je ne pratique pas du tout cette profession de la même manière. Je suis incapable de me comparer à eux. J'exerce ce métier avec passion depuis toujours, en y mettant tout mon cœur. Je sélectionne et j'achète toutes mes pièces une à une, avec le regard qui est le mien. J'accorde beaucoup d'importance à la présentation et à la mise en scène des pièces que j'achète au sein de mes boutiques. Et c'est un plaisir pour moi et mon équipe que de transmettre à notre clientèle l'histoire et le goût des belles choses.

THÉMATIQUE 10

Je pense que beaucoup de marques de luxe ont pris conscience de l'attractivité de leurs collections passées et ne cessent de s'en inspirer à l'heure d'aujourd'hui. D'ailleurs, certaines d'entre elles font preuve d'un manque total de créativité. Pour autant, elles rencontrent beaucoup de succès.

RÉFLEXIONS LIBRES

Ce serait formidable si, dans les prochaines années, les femmes du monde entier retrouvaient davantage de féminité et d'élégance à l'image des générations de nos mères et grands-mères. Ce serait formidable si l'on pouvait retrouver la fameuse élégance à la française.

Entretien avec Rebag

Reçu le 18 mai 2020.

Charles Gorra est le fondateur et CEO de Rebag, une plateforme en ligne de revente d'articles de luxe de seconde main. La société a été fondée en 2014 à New York et opère aux États-Unis. Elle se concentre sur les sacs à main et la maroquinerie des principales marques de luxe comme Chanel, Hermès et Louis Vuitton. Elle possède également neuf magasins physiques à New York, Los Angeles et Miami. Rebag est unique car l'entreprise achète directement les produits au vendeur. Il suffit d'envoyer des photos sur le site Internet rebag.com ou l'application dédiée, et une offre est faite au vendeur. Rebag possède également un logiciel de prix automatisés dénommé CLAIR, qui propose des offres instantanées. Une fois l'article en possession de Rebag, le vendeur est payé comptant. Cela permet de rendre le processus de vente extrêmement rapide et efficace. Dans les magasins Rebag, la revente peut même être exécutée en moins d'une heure. Chaque article est évalué par les experts de la maison, ce qui permet de garantir le produit et sa qualité pour les futurs acheteurs.

THÉMATIQUE 1

Le marché de la seconde main a toujours existé. Mais jusqu'à récemment cette démarche était minoritaire. Pendant longtemps, les amateurs de seconde main ont souffert des critiques et il n'était pas toujours « bien vu » d'acheter d'occasion. Par exemple, cela pouvait être associé à un faible pouvoir d'achat souvent stigmatisé par la société de consommation. Les amateurs d'occasion étaient même parfois obligés de cacher leur source. Ces nombreuses connotations négatives ont largement freiné l'évolution du marché secondaire historiquement, en le cantonnant à des démarches de niche.

Plusieurs tendances de fond récentes ont largement changé la donne et permis l'essor exponentiel du marché de la mode secondaire au cours des dernières années. La crise financière de 2008 a profondément marqué les consommateurs. La récession économique qui s'est ensuivie a pour toujours changé les habitudes des amateurs de luxe. En particulier, la notion de *deal* est devenue importante. Dans le même temps, et alors que les consommateurs se remettaient tout juste de cette récession, les prix des articles de première main ont continué à augmenter de manière fulgurante, rendant le luxe souvent inaccessible. Ce double phénomène d'incertitude et de déclassement économique, combiné à une inflation galopante des produits de luxe, a contribué à normaliser les achats d'occasion. Les consommateurs se sont ainsi tournés vers les achats d'occasion, qui, bien souvent, permettent l'acquisition d'articles de luxe de grande qualité à des prix très inférieurs à ceux initiaux. Ainsi, cette démarche, qui était auparavant marginalisée, est devenue la norme, plutôt que l'exception.

THÉMATIQUE 2

La notion de durabilité ou *sustainability* pour le monde anglo-saxon est en effet l'un des facteurs majeurs contribuant à l'essor du marché secondaire. Pendant longtemps, le secteur de la mode a reposé sur un modèle basé sur le désir constant de changement. Les collections trimestrielles ont été remplacées par des évolutions mensuelles, voire hebdomadaires. Les cycles devenant de plus en plus rapides ont créé un besoin incessant de changement perpétuel, porté à son paroxysme par l'essor des géants de la *fast fashion*. Bien souvent, cela s'est fait au détriment des conditions sociales et environnementales de production. Ce système a engendré des surplus de produits non écoulés qui se retrouvent souvent abandonnés, et même parfois détruits.

Depuis quelques années, la société dans son ensemble a pris conscience des dangers de ce modèle de production-destruction. Bien au-delà de la mode, des voix se sont élevées pour mettre en lumière ces défaillances collectives et repenser nos modes de production et de consommation. Dans ce contexte, la seconde main est devenue une réponse indispensable et l'un des piliers de ce nouveau modèle. Par définition, l'utilisation des articles d'occasion étend la durée de vie utile et permet de créer de la valeur tout en limitant les ressources engagées. L'achat et la revente de produits d'occasion sont ainsi devenus des démarches de consommation citoyenne.

THÉMATIQUE 3

Les développements en matière de technologie, en particulier l'essor d'Internet et du mobile, au cours des dernières années sont un facteur clé dans l'accélération du marché secondaire. Jusqu'à ce changement technologique, le segment d'occasion était principalement hors ligne. L'avènement des plateformes en ligne comme Rebag a permis de donner une visibilité nouvelle et décuplé ce marché. Internet permet ainsi de connecter des acheteurs et des vendeurs à travers le monde, facilitant des transactions impossibles auparavant. Ces nouvelles plateformes sont aussi un gage de sécurité pour les consommateurs, leur permettant d'acheter ou de vendre en toute confiance. Les nouvelles technologies permettent aussi d'assurer plus de transparence, en particulier sur la garantie de l'origine des biens. Elles constituent de nouveaux outils également. Par exemple, notre logiciel de prix CLAIR donne des offres instantanées et ainsi une visibilité inédite sur la valeur des articles secondaires. L'essor du mobile, récemment, a créé encore plus d'ubiquité pour le marché d'occasion, en renforçant en particulier l'aspect communautaire de ce segment et en créant des effets de réseau, qui à leur tour alimentent l'essor du marché.

THÉMATIQUE 4

Chez Rebag, nous sommes principalement actifs sur le marché de la mode féminine. Il y a différents profils. D'un côté, les clientes vendeuses ont comme principal objectif d'être dans la nouveauté et en phase avec les cycles de mode. Ce sont en général les mêmes clientes que les marques de luxe de première main. Lorsqu'une nouvelle collection devient disponible, c'est l'occasion de vendre un de ses anciens produits afin de financer le nouvel achat. C'est d'ailleurs souvent la principale raison de la vente.

D'un autre côté, les clientes acheteuses sont souvent d'une génération plus jeune et avec moins d'historique de consommation de produits de luxe. Pour beaucoup, cet achat d'occasion sera le premier achat de luxe. Il permettra aux clientes qui sont aspirationnelles d'expérimenter pour la première fois l'univers des grandes marques. Ainsi, le marché d'occasion offre aux marques un accès à une nouvelle génération de clientes, qui souhaitent pénétrer cet univers de manière plus abordable et représentent un potentiel de croissance fort pour les marques à l'avenir.

THÉMATIQUE 5

Chez Rebag, nous nous focalisons sur les sacs à main et les accessoires, principalement sur le segment du luxe. L'avantage des accessoires est d'être moins intimes et moins exposés, par exemple, que le prêt-à-porter. Pour beaucoup de clientes qui n'ont jamais expérimenté l'achat d'articles d'occasion, les sacs et accessoires posent moins de résistance psychologique, notamment en termes de propreté et de sécurité. Les accessoires tendent aussi à mieux conserver leur valeur au cours de leur cycle de vie et constituent souvent des investissements au profit de candidats à une revente attractive.

Ils sont aussi plus standardisés et ont moins de problèmes de taille, ce qui en fait des articles plus propices pour le commerce en ligne. Cela dit, tous les segments de la mode vont inexorablement croître sur le marché secondaire. De remarquables progrès ont été faits en termes de nettoyage et de propreté, qui rendent des catégories comme le prêt-à-porter parfaitement sûres dans le marché d'occasion.

THÉMATIQUE 6

Le segment du luxe de seconde main est particulièrement porteur, en raison de l'attractivité des marques de luxe et du différentiel de prix par rapport au marché primaire. Chez Rebag, nous sommes positionnés sur une cinquantaine de marques. Les produits les plus désirés sont ceux de Chanel, Hermès, mais aussi Louis Vuitton et Gucci. Ces marques ont un historique et un pouvoir d'attraction immenses qui génèrent un intérêt inégalé chez les consommateurs. D'une certaine manière, le marché secondaire n'est que le reflet décalé dans le temps du marché primaire. La rareté des produits crée aussi une demande décuplée sur les marchés d'occasion. Dans de nombreux cas, les éditions et les quantités accessibles en première main sont limitées, voire impossibles d'accès. Cela favorise aussi l'essor des plateformes de revente en ligne comme Rebag, dont l'inventaire est plus varié et couvre un large éventail de produits et d'époques, le tout immédiatement accessible sans contraintes. Le marché secondaire offre ainsi une démocratisation du marché du luxe, tout en respectant son identité et les codes qui ont fait son succès.

THÉMATIQUE 7

L'un des éléments ayant favorisé l'essor des plateformes digitales est le contrôle permanent de la qualité et de l'authenticité. Chez Rebag, chaque article est revu par notre équipe d'experts avant son acquisition. Tous les produits transitent par notre centre logistique et sont validés par de multiples vérifications et processus qui permettent de repérer les contrefaçons. Nous offrons également une garantie et des retours sans aucune question en cas d'incertitude des acheteurs. Ce processus transparent et détaillé est indispensable pour créer des conditions de confiance et facilite l'essor des transactions en toute sérénité. À l'avenir, nous espérons que les marques collaboreront de manière active avec les plateformes de revente comme Rebag, dans le but commun d'éradiquer les contrefaçons et de créer un environnement sûr pour le développement des marchés primaires et d'occasion.

THÉMATIQUE 8

Le marché de la seconde main reproduit géographiquement la polarisation des marchés primaires et reflète l'appétit local des consommateurs. Historiquement, l'Asie du Sud-Est est particulièrement avancée à ce sujet et la pénétration du marché secondaire y est la plus développée. Ces pays proposent ainsi un modèle et un exemple à suivre pour les autres continents. Plus récemment, les États-Unis et l'Europe ont rattrapé une partie de leur retard à ce sujet. En particulier aux États-Unis, où de nombreuses plateformes technologiques comme Rebag et d'autres ont favorisé l'essor du marché récemment. Toutefois, le réservoir de croissance est immense. Selon nos estimations, moins de 10 % des propriétaires d'articles de luxe aux États-Unis ont déjà effectué une transaction sur le marché secondaire. Cela laisse une opportunité infinie à venir. En ce qui concerne la Chine, le pays en est aujourd'hui aux balbutiements en termes de marché secondaire. La prochaine décennie marquera certainement l'avènement de la Chine comme une place principale du marché du luxe d'occasion.

THÉMATIQUE 9

Comme tout marché en fort développement, la seconde main crée de nouvelles opportunités ainsi qu'une compétition intense. Une prime sera certainement donnée aux sociétés qui pourront être les plus innovantes et offrir un accès large et sécurisé à leur base de clients. Nous pensons que plusieurs modèles sont amenés à coexister, en fonction des localisations géographiques, mais aussi de la segmentation de marché. Par exemple, pour l'univers du luxe, la notion de curation et de service est une valeur clé, ce que Rebag propose. Pour d'autres segments, les notions de prix ou de taille de l'offre sont plus importantes, ce qui se prêtera par définition mieux à des plateformes *peer-to-peer*. Le plus important est que le marché est en tel essor qu'il permettra la coexistence de plusieurs modèles et gagnants à l'échelle mondiale.

THÉMATIQUE 10

Il est inéluctable que les marques et les plateformes de première main vont vouloir participer au marché secondaire d'une manière ou d'une autre. La croissance du segment de l'occasion, et en particulier des plateformes en ligne comme Rebag, est trop importante pour pouvoir être ignorée. L'essor du marché est porté par des facteurs de changement puissants, comme le désir d'un modèle plus durable et écologique, qui sont amenés à transformer tous les pans de nos sociétés de manière perpétuelle. Il y a donc une nécessité absolue pour les marques de participer à ce nouvel écosystème, afin de conserver leur attractivité.

Les synergies entre première et seconde mains sont grandes. Un marché de l'occasion liquide et prévisible crée plus de conviction auprès des acheteurs première main, qui ont plus de certitudes sur la possible revente de leurs produits. D'un autre côté, les clients de seconde main d'aujourd'hui sont les clients de première main de demain. Les ignorer couperait les marques d'un accès privilégié à une nouvelle génération de consommateurs. Les collaborations et partenariats entre les marques et les plateformes de seconde main vont se multiplier et devenir la norme. Chez Rebag, nous sommes prêts à devenir un partenaire de choix pour les marques et à développer des solutions clés en main pour faciliter le développement du segment pour les marques. Dans la mode, le futur s'écrit désormais à deux mains.

RÉFLEXIONS LIBRES

Il est impossible de parler du futur du marché secondaire sans poser la question de l'impact du Covid-19. Au-delà de l'aspect sanitaire, l'essor du virus laissera des traces indélébiles sur la société et l'économie. Il est vraisemblable qu'une crise économique de grande ampleur se répande dans les prochains mois. Cela remet-il en cause l'expansion du marché secondaire ? Bien au contraire, la récession sera très certainement un accélérateur du mouvement déjà bien engagé et d'une transition vers un modèle économique plus pérenne, dans lequel la seconde main aura une place prépondérante. Les difficultés économiques vont pousser davantage de propriétaires d'articles de mode à chercher de la liquidité et, ainsi, à devenir vendeurs d'articles d'occasion. D'un autre côté, les articles de première main et en particulier de luxe vont devenir de plus en plus inaccessibles pour une grande majorité de clients, qui vont ainsi reporter leurs désirs et leurs achats sur des produits d'occasion. La période qui commence verra ainsi une accélération de cette transition profonde vers plus d'ubiquité pour le marché de seconde main et le début d'un monde nouveau.

Entretien avec Rebelle

Reçu le 14 mai 2020.

Johanna Katharina Eggers est responsable du contrôle de l'authenticité et du contrôle qualité chez Rebelle, et a une expérience de dix ans dans ce domaine. Née et élevée à Hambourg, elle a commencé sa carrière durant ses études chez un *PowerSeller* eBay qui vendait des pièces de créateurs d'occasion aux enchères. Au cours des dix dernières années, son expérience du marché de l'occasion, de la valeur de revente, des caractéristiques d'authenticité et de la détection de contrefaçon, a grandi. Aujourd'hui, elle est responsable de l'authenticité de chaque article vendu sur Rebelle, ainsi que de la tarification, du catalogue de la marque et de la qualité.

THÉMATIQUE 1

J'ai fait mon premier achat *vintage* quand j'avais environ dix-huit ans. J'ai vendu quelques vêtements Ralph Lauren dans un magasin d'occasion du coin et je les ai échangés contre un sac Gucci *vintage*. C'était une façon amusante, facile et ludique de vendre en obtenant en retour un article que je désirais davantage. Le terme « *vintage* » ou « d'occasion » a aujourd'hui perdu son image poussiéreuse et est devenu un symbole populaire et cool, voire même le synonyme d'un nouveau style de vie. Il n'est plus associé au don de vieux vêtements. C'est une industrie durable mais en croissance rapide, surtout quand on pense au marché de la mode haut de gamme, au rythme rapide, avec un groupe cible de tous âges et milieux sociaux, d'une largeur inégalée. C'est devenu un marché branché et désirable pour une large partie de la population. Un autre de ses aspects, c'est la quête passionnée des pièces iconiques, des classiques ou d'objets de collection : le sac Hermès Birkin ou le Chanel 2.55 ont pris de la valeur et sont devenus des pièces d'investissement. C'est une toute nouvelle activité, rentable pour les acheteurs comme pour les vendeurs. Il y a seulement sept ans, la seconde main avait encore une image plutôt minable. On trouvait des fournisseurs et des boutiques en ligne peu fiables, du reconditionné sans expertise, où les clients n'avaient aucune certitude quant à l'authenticité des articles qu'ils achetaient. Aujourd'hui, cette image a complètement changé. Avec Rebelle, marketplace spécialisée dans la mode d'occasion, nous avons adopté une approche non conventionnelle dans l'industrie et avons montré que la mode haut de gamme ou de luxe et la seconde main ne sont pas une contradiction. L'achat de vêtements de créateurs d'occasion est aujourd'hui socialement acceptable, durable et, surtout, absolument digne de confiance et abordable.

La mode d'occasion répond à la demande d'une population plus jeune qui aspire à davantage d'individualité.

Pour exprimer leur style individuel, les millénials recherchent en ligne des pièces uniques qui ne sont pas toujours disponibles en magasin, comme des éditions limitées ou des pièces *vintage* rares. Pour eux, la consommation de mode est désormais un concept temporaire. Ils se débarrassent plus rapidement de leurs articles qu'avant. La possession de classiques, emblèmes d'un statut social, n'a pas grande importance et est devenue une notion plus flexible. Des changements sociétaux et culturels majeurs, tels que l'aspiration à une mode plus durable et à davantage de diversité de genre, expliquent pourquoi les règles de la mode classique ne s'appliquent plus. La société évolue, tout comme les mentalités à propos de ce qui est socialement acceptable. Aujourd'hui, la mode consiste à porter ce que vous aimez, ce qui vous fait vous sentir bien et – plus que jamais – à s'amuser. Il s'agit d'expérimenter, de trouver son propre style et d'exprimer sa personnalité.

THÉMATIQUE 2

Le marché et le comportement des consommateurs changent. La mode est toujours un phénomène culturel et, bien sûr, la durabilité devient un facteur de plus en plus déterminant lorsqu'il s'agit de décisions d'achat dans ce domaine. L'industrie étant devenue l'une des plus polluantes au monde, prolonger le cycle de vie des vêtements en achetant de seconde main permet d'économiser de l'énergie, de l'eau et du CO_2. De plus, à l'ère du partage et des produits reconditionnés, la consommation de mode est marquée du sceau de l'éphémère ; les gens se débarrassent plus rapidement de leurs objets. La seconde main est une réponse contemporaine à ces changements et, durant plus longtemps, elle comprend ainsi davantage de tendances et de décennies de mode.

THÉMATIQUE 3

C'est assurément une des causes. Le commerce en ligne et les réseaux sociaux n'ont pas seulement fait évoluer le comportement d'achat, ils ont également offert au public un accès facile et optimal au monde de la mode et au marché du *vintage*. Les blogueurs et influenceurs inspirent leurs followers avec des hashtags comme *#outfitsoftheday*, en associant souvent des vêtements *vintage* avec des *it* pièces, ou encore de la seconde main.

THÉMATIQUE 4

Je vois cela comme une relation symbiotique, car les acheteurs sont des vendeurs, et les vendeurs des acheteurs. Tous deux sont passionnés et précautionneux dans leur choix. Les vendeurs connaissent la valeur de leurs offres, et les acheteurs savent exactement ce qu'ils veulent et ce qu'ils peuvent espérer pour une somme donnée. Le désir d'individualité grandit, dans la société actuelle, d'où la fascination pour les pièces uniques. À travers des plateformes comme Rebelle, l'acheteur a un accès plus large à ces pièces uniques. Pour conforter la sélection, nous faisons en sorte que la vente d'articles soit facile et confortable sur notre site. Nos services sont *all-inclusive* pour les vendeurs : photos professionnelles, présentation et description des articles, conditionnement, envoi et gestion du paiement, nous nous chargeons de l'intégralité du processus de vente.

La consommation de mode et de produits de luxe n'a cessé d'augmenter depuis des années, de même que le marché de la seconde main. Si la mode et ses consommateurs diffèrent, c'est aussi le cas du comportement d'achat de chaque individu. Il peut être motivé par l'un de ces aspects, mais le plus souvent, c'est par une combinaison des trois. C'est aussi pour ça que le marché de la seconde main est si amusant.

THÉMATIQUE 5

Les deux. La demande en pièces d'investissement a augmenté, particulièrement dans des catégories d'accessoires larges comme les sacs à main ou les bijoux. Je pense que cela va continuer sur la même lancée, en particulier pour les sacs à main iconiques qui font l'objet d'une appréciation continue.

Au-delà de l'aspect économique, les classiques ne se démodent pas. C'est pour cette raison qu'on les aime et que l'on voit des rééditions de best-sellers intemporels qui perdurent à travers les tendances et les années. Les sacs iconiques sont associés à des noms de légende que nous admirons ; ils ont eu un impact, ont façonné l'histoire de la mode et sont parfois difficiles à obtenir, ce qui aiguise notre intérêt. La valeur de revente de sacs comme le Birkin d'Hermès ou le Chanel 2.55 augmente d'année en année, à mesure que les prix des sacs de créateurs neufs continuent de monter. Certaines maisons augmentent même leurs prix deux fois par an. Toutefois, ce n'est pas uniquement ce phénomène qui fait croître la valeur des objets, il y a aussi toute une stratégie de rareté artificielle derrière. Les fans de mode témoignent d'un désir de plus en plus puissant de dépenser en sacs de luxe. Peut-être est-ce aussi parce qu'ils ont la certitude de pouvoir les revendre à bon prix. C'est particulièrement le cas des articles qui ne sont plus produits, aussi bien que des éditions limitées ou des collaborations de designer, qui suscitent l'envie et permettent d'augmenter les prix de revente.

THÉMATIQUE 6

Je suis d'accord. Les deux marques (Chanel et Hermès) sont connues pour leur élégance, leur classe et leur style intemporel, aussi la demande est très forte.

Non, il existe un large marché pour les marques à bas prix mais, chez Rebelle, nous ne vendons que des marques de créateurs, car nous croyons qu'il vaut mieux acheter moins en se concentrant davantage sur la qualité. Le luxe ne doit pas nécessairement être cher. Je le vois plutôt comme un sentiment, un état d'esprit. Le marché de la seconde main est innovant. Mélanger style urbain et

Haute Couture, le pull préféré de votre mère avec un accessoire *vintage* : c'est vous qui choisissez ce qui vous semble le mieux. Combiner et recréer : c'est vous qui décidez. La beauté de la seconde main, c'est qu'elle ne s'arrête jamais, elle ne se contente pas d'une seule idée clé. Elle est novatrice. Parfois, ceci dit, l'obsession pour les marques favorise de nouveaux engouements pour des maisons comme Supreme, Gucci ou Dior (le *revival* du sac Saddle). Lagerfeld était une légende, qui a marqué son temps. Chanel est une ère à elle seule, et elle n'est absolument pas terminée. L'héritage de Lagerfeld en fait partie. Chez Hermès, l'une des causes de la passion que suscitent leurs produits, c'est leur très faible tirage. Hermès est synonyme d'exclusivité depuis des décennies et c'est ce qui excite la convoitise. La demande pour ce genre de choses ne diminuera pas dans les années qui viennent.

THÉMATIQUE 7

Nos experts en interne examinent chaque pièce pour les authentifier et se portent garants de la bonne expérience d'achat de nos clients. Bien souvent, les vendeurs ne savent même pas qu'ils sont en possession d'un produit contrefait. Chaque article de créateur qui échoue à nos vérifications est renvoyé au vendeur. Le marché de la contrefaçon s'est largement agrandi et les copies, tout comme leur qualité, s'améliorent chaque année. Les leaders incontestés, parmi les produits de luxe contrefaits, sont les copies de Louis Vuitton, Chanel et Hermès. De façon générale, les marques très chères sont sujettes à la contrefaçon, car elles sont très appréciées et ont un haut niveau de sensibilisation. Rebelle garantit l'authenticité de chaque article, grâce à l'expérience de ses équipes. La communication constante entre ces équipes nous permet de nous assurer que nous sommes tous sur la même longueur d'onde, afin de gérer le flux d'articles contrefaits.

Je pense que l'expertise est déjà une compétence reconnue, c'est une science à part entière. Une formation diplômante serait pertinente, mais cela signifie qu'il faudrait des cours officiels sur l'authentification. Or, l'expertise n'existe que grâce à des années d'expérience et d'innombrables vérifications de produits de marque.

THÉMATIQUE 8

Le marché de la seconde main est un des secteurs émergents de l'industrie de la mode qui grandit le plus, aussi, ce n'est qu'une question de temps avant que d'autres zones géographiques rejoignent le marché, y ajoutant leurs propres boutiques et idées.

[Quels sont les grands enjeux de la prochaine décennie ?] Poursuivre dans la voie d'une économie circulaire de la mode et d'une consommation durable. Avec le modèle économique de Rebelle, nous avons pris depuis le début un sentier anticonformiste dans l'industrie de la mode de luxe. Notre but est d'encourager la réflexion chez le consommateur, afin qu'il puisse remettre en question les règles de l'industrie de la mode et de ses tendances jetables. Nous nous réjouissons de voir le partage et le commerce de seconde main émerger dans la mode.

THÉMATIQUE 9

Au vu du nombre de nouveaux acteurs, mais aussi en raison de la longévité de nombreuses entreprises dans cette industrie, on peut constater que le marché est loin de s'épuiser et n'en est qu'à ses débuts. L'intérêt pour la mode durable contribue lui aussi à l'essor du marché.

THÉMATIQUE 10

De plus en plus de marques de luxe commencent à prendre conscience des bénéfices du marché de la seconde main pour celui du neuf. La plupart des vendeurs investissent l'argent gagné grâce à leurs ventes dans du neuf. Beaucoup d'acheteurs de produits de luxe d'occasion seront les futurs acheteurs de « première main ». De ce point de vue, le marché de mode d'occasion n'est pas seulement un canal d'acquisition de clients pour les marques de luxe, mais aussi un moyen, pour les jeunes consommateurs, de faire leur première expérience de la maque.

RÉFLEXIONS LIBRES

Quand on compare le marché d'il y a dix ans à celui d'aujourd'hui, c'est à la fois excitant et phénoménal de voir à quel point les choses ont changé, tout en restant identiques. Le désir d'acquérir de belles pièces de mode ne faiblira pas. Le rôle de Rebelle est d'offrir au consommateur un moyen durable de consommer, en élargissant la durée de vie des vêtements selon le principe de l'économie circulaire. En plus de cela, nous proposons des pièces de créateur et des articles *vintage* uniques et nous les rendons abordables.

Entretien avec Re-SEE

Reçu le 15 mai 2020.

Réflexions libres non renseignées.

Sofia Bernardin est cofondatrice et présidente de Re-SEE. Née et élevée à New York, elle a passé la plus grande partie de sa carrière chez *Vogue*, d'abord à New York, puis à Paris, dès 2006. Elle y est restée trois ans avant de rejoindre Condé Nast International, où elle a notamment travaillé pour *Vogue China*, *Vogue Japan* et *Vogue India*.

THÉMATIQUE 1

[Avez-vous déjà expérimenté un achat en « friperie » ?] Absolument. J'achète des vêtements *vintage* depuis que je suis adolescente. À New York, je passais mes week-ends dans les boutiques *vintage* du Lower East Side ou de Williamsburg. L'une des raisons principales pour lesquels Sabrina Marshall et moi avons fondé Re-SEE, c'est que nous avons toutes deux la passion de la chine, mais nous comprenons très bien que ce n'est pas le cas de tout le monde. Nous avons créé Re-SEE en nous donnant pour mission de mettre en valeur le *vintage* et la seconde main dans une perspective irréprochable et moderne.

Je pense qu'acheter de la mode de seconde main était autrefois exclusivement réservé aux aventuriers – les gens qui aiment fouiller dans des piles de vêtements entassés dans un bac en espérant trouver un trésor (et, croyez-moi, j'en ai trouvé beaucoup). C'était une forme d'expression de soi pour les audacieux et les téméraires. Pendant des années, le marché du luxe nous a habitués à penser que neuf voulait dire bien et à avoir honte de porter une pièce de la précédente saison. Nous avons peu à peu vu le marché de la seconde main passer de périphérique à acceptable, *mainstream*, et même finalement encouragé.

Ceci est dû à plusieurs facteurs qui s'entrecroisent.

- La montée de la conscientisation. Les produits de luxe ont vu leurs prix augmenter de 6 %, contre les 2,4 % de hausse de l'Indice des prix à la consommation.
- Le désir d'individualité. Le fait que la *fast fashion* copie le luxe signifie qu'en fin de compte, tout le monde finira par avoir le même look. Le *vintage* offre une forme unique d'expression de soi.
- La demande de durabilité. Avant la crise du Covid-19, 47 % des femmes disaient être prêtes à payer plus pour des produits plus durables. Ce nombre ne fera sans doute qu'augmenter à mesure que la pression environnementale augmentera elle aussi.

THÉMATIQUE 2

[Peut-on dire que la seconde main est une réaction à la *fast fashion* ?]

Absolument. La *fast fashion* consiste à amener les podiums au grand public à travers des pièces peu coûteuses qui lui permettent d'être à la mode. Compte tenu des préoccupations éthiques et environnementales des nouvelles générations, celles-ci sont bien plus susceptibles d'acheter une pièce de seconde main qui suit les tendances actuelles, plutôt qu'une copie produite en série. Le *vintage* et la seconde main ont une histoire, ils nous rendent fiers de porter des pièces qui ont une âme.

THÉMATIQUE 3

On peut attribuer la montée en puissance du marché de la seconde main à de nombreux facteurs, et Internet en fait partie. Internet démocratise tout ce qu'il touche. Avant, il fallait traverser la ville pour fouiller dans sa boutique favorite, chercher audacieusement à travers les vêtements pour dénicher la pépite cachée, parfois seulement pour rentrer chez soi les mains vides. Internet a ouvert la porte de votre salon au marché de la seconde main.

THÉMATIQUE 4

Autrefois, le vendeur et l'acheteur étaient deux personnes différentes. Le vendeur était généralement une vieille dame qui cherchait à se débarrasser de pièces qui ne lui convenaient plus. L'acheteur était plutôt jeune, cherchant parfois à acquérir sa première pièce de luxe. De nos jours, vendeur et acheteur se recoupent à 80 %. Les clients qui arrivent chez Re-SEE viennent parce qu'ils veulent des articles uniques qu'ils ne peuvent trouver ailleurs. Le prix n'est pas un critère, ils sont même prêts à payer plus que ce qui est originellement demandé si la pièce est très spéciale. Le pantalon Cargo de Balenciaga en est un bon exemple. À sa sortie, en 2002, il coûtait 1 000 €. De nos jours, à cause de sa rareté, on le trouve à minimum 1 200 € sur notre site. Nos clients sont férus de mode et apprécient les articles qui ont une histoire ou qui ont eu un impact sur la mode. Ils sont très conscients de l'impact positif que l'achat de *vintage* ou de seconde main a sur l'environnement.

THÉMATIQUE 5

Le marché de la seconde main est incroyablement saturé en ce qui concerne les accessoires. Les vêtements demandent beaucoup plus de subtilité, mais pour ceux qui le font bien, les avantages sont immenses. Les accessoires sont des pièces que les gens portent à de multiples reprises, tandis qu'il y a davantage de *turnover* pour les vêtements.

THÉMATIQUE 6

Le marché de la seconde main est très large, avec des acteurs qui s'intéressent à la mode *pre-loved* de masse, plus abordable, et d'autres qui vont se focaliser davantage sur les pièces de luxe. Re-SEE est au carrefour du marché de seconde main de luxe, et Chanel et Hermès sont deux des marques que nous vendons le plus, car nos clients savent que nous proposons des pièces *vintage* très spéciales pour chacune de ces deux maisons. Les créations de Karl Lagerfeld pour Chanel sont, à bien des égards, considérées comme des pièces de collection car l'offre est désormais limitée. Cette logique s'applique également aux sacs Hermès, lorsque la marque abandonne certains cuirs ou modèles. Le marché du *vintage* de luxe ressemble au marché de l'art sur de nombreux points, avec des créateurs et des styles qui prennent davantage de valeur avec le temps.

THÉMATIQUE 7

Chez Re-SEE, nous prenons la contrefaçon très au sérieux. Nous avons dans notre équipe un spécialiste des sacs de luxe qui authentifie personnellement chaque pièce, ainsi qu'un gemmologue qui examine chaque bijou avant la mise en vente. Chez Re-SEE, nous stockons toutes les pièces (contrairement aux plateformes où les utilisateurs mettent les articles en ligne eux-mêmes), ce qui signifie que chacune d'entre elles est authentifiée avant la mise en ligne.

THÉMATIQUE 8

Le marché asiatique est celui qui émerge le plus. Historiquement, les consommateurs asiatiques ont tendance à éviter la seconde main, mais à mesure que leurs habitudes de consommation évoluent, notamment en ce qui concerne le luxe discret, le potentiel de cette zone géographique augmente.

THÉMATIQUE 9

Ces dix dernières années, on a assisté à une domination sans partage d'acteurs soutenus par des fonds à capital-risque, qui investissaient massivement dans le but de réaliser de gros gains à la sortie (à travers la vente ou une entrée en bourse). Cela s'est souvent fait au détriment de la rentabilité. Je pense que cette tendance va changer les habitudes d'acteurs du marché très endettés qui subiront une pression énorme à la rentabilité. Nous avons déjà vu des acteurs du marché de la seconde main modifier leur ADN pour tenter de devenir rentables et, à mesure que la patience des capitaux-risque s'épuise, certains acteurs de la seconde main seront obligés de fermer boutique.

THÉMATIQUE 10

Historiquement, les maisons de luxe n'apprécient guère la seconde main, en raison des prix cassés et de la contrefaçon. Chez Re-SEE, notre ambition a toujours été de redonner de la valeur aux maisons de luxe en enseignant aux consommateurs l'ADN et l'histoire des marques. En conséquence, nous continuons d'être contactés par de nombreuses maisons de luxe qui posent un regard plus optimiste sur le marché du *vintage* et de la seconde main.

Entretien avec Kerry Taylor

Reçu le 15 mai 2020.

Kerry Taylor est historienne de la mode et commissaire-priseuse spécialisée.

THÉMATIQUE 1

Je suis fascinée par le *vintage* depuis l'enfance. Mon premier achat était une capeline des années 1930, couverte de sequins, que j'ai acquise alors que j'avais onze ans. Je l'ai toujours. Je porte essentiellement du *vintage* des années 1940 et 1950. J'ai une robe porte-bonheur en crêpe mousse des années 1940 que je porte souvent au travail. J'adore les imprimés et j'ai un nombre impressionnant de robes d'après-midi fleuries, ainsi que des tailleurs ajustés des années 1950.

Chez Kerry Taylor Auctions, nous vendons des vêtements qui vont du *vintage* à quelques centaines de livres sterling, à des pièces de musée pouvant coûter 100 000 livres ou plus. Ces vêtements ne sont pas nécessairement de vieux vêtements, mais des morceaux d'histoire de la mode ou au style iconique. Dans le meilleur des cas, ils peuvent être considérés comme appartenant aux arts appliqués, au même titre qu'une pièce d'argenterie ou un meuble fabriqué par un grand créateur. La mode peut faire partie de l'art. Je pense que les gens aiment avoir un style individuel ; une grande partie de la mode moderne est produite en masse et trouver quelque chose de *vintage*, d'unique, de spécial, que personne d'autre n'obtiendra facilement, donne un cachet indéniable. Cela dit aussi quelque chose de celui qui porte le vêtement – il ne suit pas le troupeau, mais a suffisamment le sens du style pour apprécier et porter quelque chose issu d'une époque différente. Le *vintage*, c'est également un excellent rapport qualité-prix. Les pièces *vintage* sont souvent mieux réalisées que les produits fabriqués en série et à haut coût en Chine.

THÉMATIQUE 2

Je vends du *vintage* depuis la fin des années 1970 et il a toujours existé un intérêt pour ce marché. De nos jours, les acheteurs se trouvent principalement aux États-Unis et au Royaume-Uni, mais cela a explosé dans le reste du monde, à mesure que l'on a vu des stars d'Hollywood remonter le tapis rouge en arborant d'exquises pièces de Haute Couture *vintage*, ce qui a rendu celui-ci plus acceptable. Pour être honnête, je doute que mes clients achètent du *vintage* pour sauver la planète. Ils en achètent parce qu'ils aiment le *vintage* et qu'ils savent qu'ils se distingueront de la foule en en portant.

THÉMATIQUE 3

[Internet est-il l'élément conjoncturel expliquant l'accélération du marché de la seconde main au cours de ces dix dernières années ?] Absolument. Le web permet à des clients du monde entier d'acheter chez moi. Nos conditions et la facilité de soumettre une enchère via Internet, par écrit ou téléphone, tout comme le fait que nous aidons à l'expédition a rendu l'achat particulièrement facile et agréable.

THÉMATIQUE 4

Il n'y a pas de client typique. Mes clients vont des aristocrates aux gens ordinaires. Leurs raisons de vendre tournent autour des quatre D : décès, divorce, dettes, diète financière (ou besoin de faire des économies).

Les acheteurs sont des hommes et des femmes qui veulent acheter des pièces pour les porter, des musées (tous les plus grands musées du monde sont clients chez nous), des créateurs de mode, des studios cherchant l'inspiration, des maisons de couture renforçant leurs archives patrimoniales, des marchands internationaux ; ils vont des petites boutiques *vintage* aux plus grandes entreprises américaines qui habillent les stars (d'ailleurs, certaines de ces stars ou leurs stylistes travaillent également avec nous).

THÉMATIQUE 5

[Lequel du vêtement ou de l'accessoire sera le futur du marché de la seconde main ?] Les deux. Nous sommes le leader mondial de la vente de vêtements *vintage* et le marché continue de se développer. Acheter du *vintage* et le porter est un bon investissement, de façon générale, et les pièces importantes ou de Haute Couture sont très recherchées par les collectionneurs et les musées, qui en ont besoin pour leurs expositions à succès, lesquelles génèrent les fonds indispensables à la survie de ces établissements.

En ce qui concernant les accessoires comme les sacs de luxe, le marché grandira aussi. Certains marchés comme la Chine, par exemple, ont un goût insatiable pour ces produits haut de gamme. Pour des raisons culturelles, ils n'apprécient guère les vêtements déjà portés, mais ils n'ont aucun problème avec les accessoires.

THÉMATIQUE 6

[Les produits « phares » de la seconde main sont signés des marques Chanel et Hermès. Êtes-vous d'accord avec cette affirmation ?] Je ne suis pas d'accord. Pour les clients du luxe, ces articles sont en effet très recherchés. Cependant, je vends régulièrement des robes anciennes et de la Haute Couture pour des sommes à cinq chiffres. Pour moi, le plus important, en ce qui concerne les robes du XXe siècle, c'est la Haute Couture des grands Maîtres.

[Est-ce à dire que la seconde main ne comprend que des produits de luxe ?] Non, nous vendons des robes papier des années 1960, ou de belles robes perlées sans griffe des années 1920. Nous vendons même des robes et accessoires du XVIIe siècle, une époque où la marque du créateur n'existait qu'en rêve. Les pièces de mode plus récentes, issues des grandes marques, se vendent très bien, tandis que celles de petits noms souvent pas du tout. Une robe portant une étiquette dans la couture mais sans griffe ni trace de son créateur ne vaut qu'une infime partie du prix des pièces signées et documentées.

Nous vendons des articles datant de l'époque où Coco s'appelait et signait ses vêtements « Gabrielle ».

Bien sûr, les créations de Karl sont et resteront très recherchées, c'était un grand artiste.

Aussi longtemps qu'Hermès continuera de produire du haut de gamme, la demande pour ses pièces artisanales sera constante. S'ils continuent de limiter la sortie de modèles particuliers, dans des coloris spécifiques, alors l'engouement perdurera. L'exclusivité est la clé de leur désirabilité et de leur succès.

THÉMATIQUE 7

Nous nous portons garants de tout ce que nous vendons. Si nous ne sommes pas sûrs à 100 %, nous ne vendons pas. Nous vérifions chaque élément avec soin, du cuir aux coutures, en passant par les fils et la ferronnerie. Nous croisons également les informations avec des photographies de pièces vendues durant les décennies précédentes, avant que de tels problèmes ne se posent.

[L'expertise doit-elle devenir une compétence faisant l'objet de formations diplômantes ?] Bonne idée, même si je crains que les faussaires ne soient les premiers à s'inscrire !

THÉMATIQUE 8

Je prédis que l'Inde sera le prochain marché à percer dans le *vintage*. Historiquement, ce peuple a une compréhension et une appréciation des textiles précieux qui fait partie intégrale de sa culture.

[Quels sont les grands enjeux de la prochaine décennie ?] La pandémie et notre rétablissement. Nous assisterons à une récession économique mondiale et, tant que l'on ne pourra pas de nouveau se rencontrer et socialiser sans risque, qui a encore besoin de s'habiller ? Les maisons de couture, les commerçants, les créateurs de mode, tous vont voir leurs bénéfices rétrécir, tandis que les musées verront leurs budgets d'acquisition diminuer.

THÉMATIQUE 9

En tant qu'entrepreneuse, j'ai toujours réalisé un bénéfice sain, depuis le premier jour. Peut-être que certains de ces mastodontes en ligne, si énormes que leurs pertes sont colossales, survivront si l'on continue d'y injecter de l'argent ? Je crois en la survie du plus adroit.

THÉMATIQUE 10

Je pense que certaines grandes marques sont flattées quand leurs pièces sont vendues aux enchères pour des sommes colossales, et cela contribue certainement à confirmer l'excellence d'une marque. Cependant, leurs archives ne font pas grand-chose pour aider les maisons de vente dans leurs recherches, ce qui est dommage. Le fait qu'un si grand nombre de ses marques souhaite activement racheter leur propre patrimoine est en revanche très encourageant.

RÉFLEXIONS LIBRES

Mes ventes aux enchères au cours des quarante dernières années ont contribué à établir le marché du *vintage*. Nous sommes le leader mondial dans le domaine des commissaires-priseurs de mode, avec des acheteurs et des vendeurs du monde entier. Pour nous, la mode n'a pas de limite d'âge. Que ce soit une paire de gants brodés du XVIIe siècle, une robe du XVIIIe siècle à la française, un sac Hermès Constance ou une pièce maîtresse contemporaine de Rei Kawakubo, nous adorons !

Nous avons toujours été des pionniers, car c'est nous qui avons été les premiers à proposer aux enchères des créateurs en début de carrière, comme Westwood, Galliano, McQueen, Yamamoto, etc. Et, dans le même temps, nous avons continué à atteindre des prix records pour des lots de Haute Couture française de l'âge d'or.

Il existe peu de grandes expositions de mode qui n'incluent pas au moins une pièce acquise auprès de Kerry Taylor Auctions. C'est une grande fierté d'avoir découvert ces vêtements et accessoires et de leur avoir trouvé de si bons foyers. Des stars vêtues de sublimes vêtements de Haute Couture provenant de KTA ont honoré de nombreux grands événements, mais nous restons discrets ! Nos clients demeurent toujours anonymes.

À l'avenir, j'espère que davantage de jeunes hommes et femmes viendront à nos ventes aux enchères pour acheter, pour apprendre, pour constater que c'est un moyen abordable, bon marché et amusant d'acquérir des pièces, de les porter ou de les collectionner. Je me sens très privilégiée d'avoir géré tant de belles créations et rencontré tant de clients intéressants au cours de ces décennies. Je crois vraiment qu'avec ce marché, la seule route possible est celle de l'ascension !

Entretien avec Vestiaire Collective

Reçu le 19 mai 2020.

Thématiques 1, 6 et 9 non renseignées.

Sophie Hersan est cofondatrice et directrice mode chez Vestiaire Collective.

THÉMATIQUE 2

Ces dix dernières années, il y a une vraie prise de conscience et une vraie réflexion sur les modes de consommation. Nous tendons vers une économie circulaire et luttons davantage contre le gaspillage. Le marché de la revente a gagné en popularité en réponse à un changement de mentalité des consommateurs concernant notamment leur garde-robe et la façon dont ils achètent la mode. La tendance s'inscrit dans le *vintage* et la durabilité. Les consommateurs cherchent aujourd'hui plus de transparence et de qualité, et s'accordent à prolonger la vie de leurs pièces plutôt que de se tourner vers une mode éphémère et de courte durée.

La société se tourne vers la location et l'achat de seconde main pour s'inscrire dans une ère plus responsable. Aujourd'hui, les communautés sont plus averties sur les impacts environnementaux et sociaux ; ils sont acteurs, voire activistes ! Nous constatons que les consommateurs recherchent des pièces uniques et rares, et souhaitent se réinventer dans leur style plutôt que de succomber à la dernière nouveauté. Ils se tournent également vers des articles de seconde main pour accéder à des prix plus abordables, notamment concernant les pièces de luxe qu'ils ne pourraient s'offrir en boutique. La consommation se reconnaît aujourd'hui dans le message que nous portons : « Achetons moins, mais mieux ! »

THÉMATIQUE 3

Ces dix dernières années, le marché s'est professionnalisé avec l'arrivée des plateformes et la diversité de catégories d'articles proposés. Selon une étude réalisée en partenariat avec le cabinet BCG, traditionnellement, les acteurs du marché de l'occasion sont surtout des acteurs de petite taille, qui se concentrent sur des catégories de produits ou une zone géographique restreintes. Mais avec l'émergence du digital, ces acteurs traditionnels ont laissé place à des plateformes de revente en ligne. Ces dernières se sont multipliées, professionnalisées et séduisent aujourd'hui de nouveaux consommateurs.

Avec des offres de produits plus larges et authentifiées, ces plateformes personnalisent leur marketing grâce aux données récoltées et luttent contre la contrefaçon, un enjeu essentiel pour garantir leur légitimité, au même titre que les maisons de luxe. Elles attirent aujourd'hui d'importants investissements de la part de fonds en capital-risque.

Avec la crise sanitaire de 2020, le digital s'inscrit de façon incontournable dans l'industrie de la mode et le marché de la revente s'accélère.

THÉMATIQUE 4

Selon notre étude réalisée avec le cabinet BCG en 2019 :

- 71 % des acheteurs d'occasion interrogés n'avaient pas les moyens de s'offrir des marques de première main ;
- 96 % des acheteurs interrogés déclarent se procurer des articles de luxe d'occasion en partie parce qu'ils recherchent des bonnes affaires.

Cependant, le pouvoir d'achat de ces nouveaux consommateurs, très jeunes, tend à augmenter et ils deviennent dès lors des clients potentiels pour des produits de luxe de première main : 57 % déclarent acheter ou envisager d'acheter une marque qu'ils ont découverte initialement en seconde main lors de leur prochaine acquisition.

44 % d'entre eux déclarent en effet acheter des produits de luxe de première main, plus chers, car ils savent qu'ils pourront les revendre ensuite en seconde main ; 32 % vendent, quant à eux, sur le marché de la seconde main, car cela leur permet d'augmenter leur pouvoir d'achat et ainsi d'accroître leurs acquisitions d'articles neufs sur le marché de la première main.

Que recherchent l'acheteur et le vendeur de seconde main ?

- Les bénéfices environnementaux en prolongeant la vie des articles : la durée de vie moyenne d'une pièce est estimée seulement à 3,3 ans ; acheter d'occasion permet de réduire la quantité de déchets, d'eau et de ressources naturelles utilisées, et prolonger la vie d'un article de 9 mois permet de réduire de 20 à 30 % l'utilisation de ces ressources.
- 59 % des clients du luxe, à la fois dans l'achat en première et deuxième mains, sont influencés par l'écoresponsabilité.
- 70 % des personnes interrogées essaient d'acheter de façon éthique.
- 57 % disent que l'impact environnemental est leur première préoccupation.
- Acheter seconde main procure chez le consommateur plus d'émotions : l'accessibilité à des produits uniques, une expérience unique, ludique et exaltante de chasse au trésor.

Selon une étude que nous avons réalisée avec le professeur Benjamin Voyer de l'ESCP :

- 63 % se disent enthousiastes à l'idée de trouver des pièces d'occasion uniques ou originales par rapport aux pièces neuves ;
- d'un point de vue économique : les vendeurs sont à la recherche de financement pour leur prochain achat, que ce soit de première main ou de seconde main.

Lorsque nous avons lancé Vestiaire Collective, pendant la crise financière de 2008, nous avons vu une hausse des dépôts. Aujourd'hui, le contexte se répète, nous avons constaté des accélérations rapides du volume des articles en vente, cela peut représenter une réelle source de revenus.

THÉMATIQUE 5

Les catégories sacs et accessoires sont très recherchées chez Vestiaire Collective. Ils sont en premier lieu un investissement car ils représentent un témoignage des collections les plus iconiques. Les sacs d'occasion Timeless de la maison Chanel et Lady Dior sont des investissements intemporels pour les collectionneurs. Selon une infographie réalisée par Vestiaire Collective en janvier 2020, le top 8 des modèles les plus vendus en 2019 est :

- le sac Gucci Marmont ;
- le carré *vintage* Hermès ;
- le sac Louis Vuitton Speedy ;
- le sac Fendi baguette ;
- le sac Dior Saddle ;
- le sac Louis Vuitton Neverfull ;
- le sac Bottega Veneta Cassette ;
- la pochette Accessoires Louis Vuitton.

Côté prêt-à-porter, nous constatons un intérêt de plus en plus fort dans notre communauté pour les designers et les marques écoresponsables tels que :

- Marine Serre ;
- Stella McCartney ;
- Re/Done ;
- Reformation.

THÉMATIQUE 7

Vestiaire Collective s'est créé en 2009, en intégrant dès son lancement un processus de vérification de tous les articles, et a construit au fil des années cette valeur essentielle de confiance (*trust*). Depuis 2012, nous sommes signataires de la charte de lutte anti-contrefaçon.

Vestiaire Collective s'appuie sur quatre piliers fondamentaux que sont la confiance, la mode, la communauté et l'écoresponsabilité (*sustainability*). Proposer et vendre des articles authentiques est donc une priorité. Pour cela, nous avons dû, dès la création, faire appel à l'expertise de professionnels issus de l'industrie traditionnelle de maisons de vente. Ces professionnels ont, au fil du temps, formé et créé une académie de formation en interne pour maintenir une qualité de service unique global.

Avec l'arrivée de nouveaux marchés croissants sur l'occasion tels que le *street wear* et notamment la basket en 2017, ainsi que l'horlogerie et le bijou en forte progression, nous avons sans cesse renforcé notre expertise et innové pour répondre et pallier les difficultés liées à la progression de la contrefaçon sur les articles de mode. Renforcer notre expertise physique (nous avons l'avantage d'avoir vu passer tous les articles vendus dans nos centres logistiques et de contrôle), mais aussi nous appuyer sur des données.

Vestiaire Collective s'appuie sur des processus stricts pour lutter contre la contrefaçon mais compte également une communauté globale de passionnés de mode.

THÉMATIQUE 8

Vestiaire Collective est une *marketplace* mondiale, il y a donc un grand nombre d'enjeux stratégiques avec l'Asie, notamment la Corée du Sud et le Japon, mais aussi avec le Moyen-Orient et les États-Unis.

Le Japon, qui est un pionnier sur le marché de la revente de seconde main en Asie, est pour nous stratégique pour élargir notre offre. Toutefois, pour répondre à notre mission future de plus d'écoresponsabilité, il est indispensable de réfléchir à une consommation plus locale. Nous renforcerons par conséquent l'offre et la demande localement.

THÉMATIQUE 10

Nous avons constaté que la seconde main ne vient pas concurrencer le marché de la première main. Elle offre une solution complémentaire ou alternative de consommation plus responsable dans le but de prolonger la vie des pièces déjà produites.

La seconde main représente une opportunité dans l'industrie de la mode. C'est en effet un mécanisme de recrutement qui permet à de nouvelles catégories de consommateurs d'entrer sur le marché du luxe : 71 % des acheteurs d'occasion interrogés n'avaient pas les moyens de s'offrir des marques de première main. Mais, comme expliqué précédemment, lorsque le pouvoir d'achat de ces jeunes consommateurs augmente, cela les conduit à s'intéresser au marché de la première main. Ils étaient ainsi 57 % à envisager l'achat d'une marque initialement découverte en seconde main, 44 % à acheter des produits de première main en sachant qu'ils pourraient les revendre, et 32 % à déclarer que la vente de produits de seconde main leur permet d'augmenter leur pouvoir d'achat.

Il est clair que les marques qui choisiront de collaborer avec les acteurs de la seconde main auront une longueur d'avance sur leurs concurrents. En effet, les marques de luxe qui se tournent vers des comportements plus responsables ne peuvent passer à côté de ce que sera l'économie circulaire du luxe : marques et seconde main, deux univers qui s'engagent et évoluent ensemble, et non en opposition, vers des comportements environnementaux et sociaux plus respectueux.

Entretien avec Videdressing

Reçu le 13 mai 2020.

May Berthelot est responsable de la réputation et de la lutte anti-contrefaçon pour Videdressing et Leboncoin depuis janvier 2020. Auteure d'un guide anti-contrefaçon et gérante d'un petit dépôt-vente de luxe en ligne, elle a rejoint l'équipe de Videdressing en 2012, en tant que juriste. Jusqu'en décembre 2019, elle occupait le poste de directrice juridique & lutte anti-contrefaçon de Videdressing, en charge des affaires publiques, de toutes les problématiques juridiques, de lutte anti-contrefaçon et opérations. Le groupe Leboncoin acquiert la société Videdressing à la fin de l'année 2018. Début 2020, elle quitte ses fonctions juridiques pour se focaliser sur son cœur de métier au sein des équipes Communication et Produit. Toujours en charge de la lutte anti-contrefaçon pour Videdressing, elle commence à s'occuper du développement et de la formation des équipes Leboncoin sur cet enjeu, ainsi qu'aux améliorations technologiques comme l'intelligence artificielle. Côté communication, elle est en charge des relations et du positionnement du groupe concernant la lutte anti-contrefaçon, ainsi que porte-parole dans les médias.

THÉMATIQUE 1

J'ai effectivement eu l'occasion d'acheter plusieurs articles en fripe comme des blouses en dentelle blanche à col victorien, une veste en cuir ou encore des mailles.

La seconde main se différencie de la « fripe » car, en réalité, elle l'englobe. La seconde main est beaucoup plus large, elle regroupe à la fois les pièces que l'on peut trouver en fripe comme des pièces neuves, récentes ou encore à très forte valeur. La seconde main, c'est finalement tout ce que l'on peut trouver chez les particuliers. Il y a dix ans, lorsque je disais acheter des articles de seconde main, il pouvait m'arriver d'en avoir honte. En tout cas, la perception des gens n'était absolument pas la même qu'aujourd'hui : acheter d'occasion n'était pas malin, chic ou bon pour la planète, on le faisait simplement parce qu'on n'avait pas les moyens d'acheter neuf. Au cours de la dernière décennie, le monde a enfin compris que notre planète avait été détruite par nos comportements de consommation et, peu à peu, les enjeux environnementaux sont devenus importants mais aussi, des axes de communication et de marketing pour les marques. Par ailleurs, les générations diplômées après 2008 ont subi de plein fouet la crise économique et, comme toujours, une consommation plus maligne naît de ces situations. En 2020, la seconde main s'adresse à toutes les CSP qui la comprennent comme une manière de consommer dans l'air du temps, bénéfique financièrement par l'augmentation de son pouvoir d'achat (dépenser moins, vendre pour rentabiliser ses dépenses), bonne pour la planète et parfois chic, pour les trouvailles qui n'existent pas ou plus sur le marché classique.

THÉMATIQUE 2

[Peut-on dire que la seconde main est une réaction à la *fast fashion* ?] Oui et non. Je pense que chaque situation doit être prise au cas par cas. De nombreuses personnes utilisent justement la seconde main pour revendre et acheter encore plus de pièces issues de la *fast fashion*. Le pouvoir d'achat étant plus grand, il peut donc y avoir un effet « pervers ».

Autrement, pour les personnes qui entrent véritablement dans une démarche de changement (plus ou moins important) de leur mode de consommation, la seconde main permet justement de faire le tri, d'acheter plus intelligent. C'est aussi, bien sûr, la possibilité de se créer un style à soi face à l'uniformisation proposée par la *fast fashion* qui décline plus ou moins les mêmes modèles des collections phares de la saison, ce qui nous renvoie à votre première question sur l'anticonformisme.

THÉMATIQUE 3

Absolument, Internet et surtout les plateformes de mise en relation ont complètement changé la donne. Ce marché, qui était autrefois uniquement réservé aux brocantes, ventes aux enchères, friperies, dépôts-ventes, a pris une dimension internationale. L'offre et la demande se sont très largement étendues et on y a accès depuis son canapé, où qu'on soit dans le monde.

THÉMATIQUE 4

À mon sens, il n'y a pas réellement de profil type et, justement, c'est la diversité des profils qui permet à l'univers de la seconde main d'être aussi riche. Par exemple, l'acheteuse peut être une jeune étudiante avec un petit budget qui cherche des bonnes affaires, une femme plus mûre avec un gros pouvoir d'achat mais qui, elle aussi, cherche à faire une bonne affaire. La vendeuse, quant à elle, rentabilise ses achats et vend les pièces qu'elle n'aime plus pour faire de la place ou acquérir d'autres pièces d'occasion ou neuves. L'acte d'achat a lui aussi plusieurs buts qui se cumulent naturellement : quand on achète d'occasion et seulement si on en a besoin (pas un achat compulsif), on sait que c'est bon pour la planète, que dans la majorité des cas on économisera de l'argent par rapport à un prix neuf (sauf pièces rares ou *sold out*) et bien sûr, on achète une pièce qui nous plaît !

THÉMATIQUE 5

La seconde main est toujours influencée et dépendante du marché classique, elle suit les tendances. Par exemple, la tendance *street wear* a entraîné la création de plateformes dédiées aux sneakers, au départ réservées aux collectionneurs, elles ont aujourd'hui différents profils comme clients. Je reste persuadée que la maroquinerie, et plus particulièrement les sacs de luxe, est et sera le futur du marché de la seconde main. Ces pièces iconiques qui, pour certaines, ont déjà traversé des décennies, voient leurs prix augmenter d'année en année. De plus en plus inaccessibles mais pas moins désirables, les acheteurs répondent toujours à l'appel. Je crois, ou en tout cas j'espère arriver à une régulation des prix du marché de la seconde main dans les prochaines années. Cette régulation bannira enfin la frilosité de potentiels acheteurs/vendeurs à tenter l'expérience et sera bénéfique pour tous.

THÉMATIQUE 6

Je dirais que les produits phares de la seconde main de luxe comprennent Hermès et Chanel, mais également les autres grandes marques des géants LVMH, Kering ou encore Richemont. À mon sens, il ne faut pas oublier que la seconde main ne comprend pas que du luxe mais aussi des marques grand public, haut de gamme, tendance. Rares sont celles qui sont habillées de la tête aux pieds en Chanel ou Hermès. Bien entendu, la marque est extrêmement importante dans le marché de la seconde main. Sur nos résultats de recherche, nous constatons que la marque est omniprésente dans le comportement des utilisateurs. Par exemple, ils sont bien plus nombreux à taper « sac Chanel » que « sac rouge ». Un objet est désirable principalement par la marque qu'il porte, son style ou encore son histoire. Quand on voit l'engouement toujours très présent pour le sac 2.55 en 2020, alors que Gabrielle Chanel est décédée en 1971, il est probable que le Timeless conserve également sa désirabilité, longtemps après le décès de Karl Lagerfeld. En réalité, la marque guidera cela et choisira ou non de pérenniser les modèles avec, bien entendu, la réaction des utilisateurs car l'objectif économique ne peut pas être oublié.

Concernant Hermès, la désirabilité des produits iconiques me semble assez délirante et je suis convaincue qu'une augmentation de la production ne calmerait pas les consommateurs potentiels. Nous sommes toujours dans le jeu de l'offre et de la demande : si la marque ne baisse pas la qualité, ne brade ou ne solde pas les produits, en produit juste pas assez pour répondre à l'intégralité des demandes, le tour est joué.

THÉMATIQUE 7

La contrefaçon et les escroqueries sont les « boulets » de la seconde main. Au cours de la dernière décennie, la qualité des contrefaçons a pris un tournant terrible, ce qui complexifie d'autant plus le travail des spécialistes, et donc des plateformes. Plusieurs gestions sont tout à fait possibles face à la contrefaçon et chaque plateforme a pris la décision de gérer cette problématique à sa façon, selon sa stratégie de positionnement, financière et de communication. Il faut ouvrir les yeux sur le fait que la gestion de la contrefaçon coûte très cher pour les plateformes, elle demande des effectifs humains, des développements techniques complexes… On ne peut pas la penser avec un objectif de rentabilité. Si on doit faire un bilan aujourd'hui, les plateformes qui se sont le moins engagées dans ce sujet sont celles qui ont gagné le plus d'argent, au détriment de la sécurité des consommateurs et au profit de l'économie souterraine. Il y a un arbitrage moral à faire en tant qu'entreprise. À titre d'exemple, Videdressing, en tant que PME, a investi plus de quatre millions d'euros dans le sujet.

Chez Videdressing, nous avons opté pour une sévérité extrême lors des validations d'annonce et pour la mise en place de nombreux remparts (algorithmes, intelligence artificielle, contrôles avant validation, certifications physiques, possibilité de dénonciations, garantie satisfait ou remboursé ou encore garantie authenticité).

À ce jour, il n'existe pas de formation pour devenir « expert » et je suis mitigée sur cette possibilité. Si cette formation est créée, les marques livreront leurs secrets de fabrication au grand public et potentiellement aux contrefacteurs. En revanche, la collaboration entre les marques de luxe et les « experts » des plateformes devrait être améliorée. Après dix ans, les maisons ne peuvent plus ignorer notre existence et ont, je l'espère, réalisé que nous n'avions absolument pas rongé leurs parts de marché : nous sommes rentrés dans les habitudes de consommation de tous. Il est important que nous travaillions main dans la main de manière efficace pour mettre fin à ce fléau.

THÉMATIQUE 8

Le marché de la seconde main a encore de beaux jours devant lui et, comme expliqué précédemment, j'espère qu'il se régulera (ce qui est le cas au Japon, par exemple), afin que tout le monde puisse en profiter en toute sécurité.

Les États-Unis sont très largement imprégnés de la seconde main avec les *flea markets* et n'oublions pas qu'ils sont à l'origine d'eBay !

Avec le développement des classes moyennes, la Chine et les pays d'Asie du Sud-Est me semblent être les prochains sur la liste.

THÉMATIQUE 9

Le marché de la seconde main pour la mode et le luxe ne s'est pas encore stabilisé. La dernière décennie a laissé la place aux plateformes spécialisées qui ont remis les compteurs à zéro, elles-mêmes doublées récemment par des plateformes sur lesquelles la mode *mass market* représente la majorité des produits, qui ont cassé les prix et dépensé des millions en communication. Ce marché est en perpétuel mouvement, il est primordial de « tenir le rythme », de s'adapter immédiatement aux évolutions observées, d'écouter nos utilisateurs et de ne jamais lâcher la pression médiatique.

THÉMATIQUE 10

Il y a vraiment de tout, certaines marques sont complètement dans le déni, certaines lancent leurs propres systèmes de seconde main (c'est tendance en ce moment, autant ne pas se priver), certaines font appel à nos services de manière indirecte sans associer publiquement nos noms...

Je suis persuadée que les marques ont tout à gagner dans la seconde main, tant financièrement que dans l'image positive que cela apporte dans l'esprit des consommateurs de plus en plus attachés à l'économie circulaire. Ce marché étant spécifique, elles peuvent s'allier à des plateformes déjà existantes ou encore créer leurs propres plateformes. Le marché de l'occasion et le marché du neuf forment un cercle vertueux et sont tout à fait compatibles, les consommateurs sont d'ailleurs souvent les mêmes selon leurs envies !

RÉFLEXIONS LIBRES

Il n'y aura pas de retour en arrière et, en tout cas, je ne l'espère pas. On remarque d'ailleurs que les nouvelles générations en profitent de plus en plus tôt. La seconde main, pratiquée de manière raisonnée, a permis de ralentir la surconsommation et tout doit être fait pour que cela continue, pour la planète, pour notre pouvoir d'achat et pour l'avenir.

Quand j'ai pris la décision, à la fin de mes études, de me spécialiser dans la mode et le luxe de seconde main, c'était un choix par passion et loin d'être raisonnable. Au lieu de rejoindre le barreau de Paris ou de devenir juriste en NTIC, j'ai fait le choix de me cantonner à un aspect très spécifique, au risque de ne pouvoir aisément changer de voie si cela échouait. Quand on est aspiré dans ce marché où tout va très vite et surtout auquel on dédie notre vie, il est difficile de prendre du recul. Récemment, j'ai réalisé que j'avais participé, à ma façon, à l'une des plus grosses transformations de la consommation de notre époque et je trouve cela assez incroyable.

Lorsque je constate que notre travail a permis à des millions de personnes d'acquérir des pièces qu'ils n'auraient pu s'offrir, d'augmenter considérablement leur pouvoir d'achat et surtout, avec tout le travail relatif à la lutte anti-contrefaçon, anti-fraude, de ne pas subir d'arnaques : cela m'apporte beaucoup de bonheur. Sur ces huit dernières années, mon équipe a bloqué pour plusieurs dizaines de millions d'euros de produits contrefaisants et a rendu la vie particulièrement dure aux contrefacteurs et arnaqueurs en tout genre.

La route est encore longue mais le chemin accompli est déjà grand, encore une fois, vers cette « régulation » du marché de la seconde main, tant par les plateformes que dans l'esprit des consommateurs, que j'espère sincèrement... Nous avons déjà lancé de grands projets d'intelligence artificielle dont les débuts sont plus que prometteurs, la suite au prochain épisode !

Entretien avec Vinted

Reçu le 5 mai 2020.

Thématique 5 et réflexions libres non renseignées.

Natacha Blanchard est responsable communication chez Vinted.

THÉMATIQUE 1

L'attrait pour la seconde main, l'occasion, quelle que soit sa forme, est une tendance constatée à l'international et en constante progression depuis des années. Elle touche à l'économie circulaire et s'applique dorénavant à beaucoup de secteurs d'activité, pas seulement la mode. Je pense qu'on peut dire qu'elle se normalise, car elle répond à plusieurs attentes et réflexions de la société actuelle (motivations économiques, consommation plus responsable, préoccupations environnementales...) et qui seront probablement encore davantage présentes dans le contexte actuel, et à mesure que nos sociétés font face à des défis plus importants. Mais la seconde main dans le secteur de la mode a encore de belles opportunités de développement, quand on constate ce que les ventes de vêtements et accessoires en neuf continuent de représenter. Il faut continuer à encourager et à faciliter ce passage à la seconde main.

THÉMATIQUE 2

Lorsque l'on interroge nos membres Vinted, plusieurs motivations à l'utilisation de notre plateforme ressortent, dont le souhait d'une consommation plus responsable. De récentes études montrent également que les millénials, par exemple, achètent de plus en plus d'occasion et sont prêts à acheter encore davantage de seconde main en 2020. Lorsque l'argent est dépensé pour des articles de seconde main, il ne l'est pas pour du neuf, c'est certain.

Notre objectif est de faire de la seconde main le premier choix pour tous, de donner une seconde vie aux vêtements qui ne sont plus portés, d'encourager une mode plus circulaire. En 2019, 70 % de nos nouveaux membres en France revendaient un ou plusieurs de leurs vêtements pour la première fois.

THÉMATIQUE 3

C'est certainement un des éléments qui a permis le développement de nouveaux modèles d'échanges et de commerce (e-commerce). La fripe, la seconde main, a toujours existé entre particuliers, par exemple sur des modèles « en physique ». Internet a certainement apporté un espace d'échanges complémentaire et à la portée beaucoup plus large et immédiate.

La technologie est aussi un élément clé, incontournable pour expliquer le succès et l'accélération de la seconde main, et en constante évolution et amélioration. C'est ce qui permet, au sein de l'e-commerce, de changer les codes, de définir une nouvelle expérience pour l'utilisateur, pratique, facile d'utilisation, sécurisée, avec des échanges entre particuliers, mais en ligne.

L'idée de la seconde main fait son chemin depuis longtemps, mais n'est pas toujours aisée à mettre en place dans son quotidien. L'un de nos objectifs a toujours été de rendre le passage à la vente et l'achat de seconde main facile, accessible, communautaire et dans un format d'application pratique, pour que ce réflexe puisse intégrer le quotidien des utilisateurs. Là est notre responsabilité actuelle : veiller à ce qu'ils trouvent un outil simple et agréable, qui puisse leur permettre d'acheter et vendre des vêtements, chaussures et accessoires d'occasion.

THÉMATIQUE 4

Si certains utilisateurs peuvent être principalement vendeurs, d'autres sont principalement acheteurs, mais nous constatons que la plupart de nos membres sont les deux à la fois : vendeurs et acheteurs. Ils permettent de garantir la circularité du modèle, avec en 2019 près de 60 % de l'argent gagné par les vendeurs qui était réinjecté par ces derniers dans des achats sur Vinted. Vous dites « clientes » et vous avez raison : actuellement, les femmes représentent encore la majorité de nos membres, même si les profils se diversifient, tant au niveau des tranches d'âges que des profils familiaux, qui achètent et vendent de la seconde main pour leurs enfants, ou encore de plus en plus d'hommes qui « sautent le pas » de l'habillement d'occasion.

Les motivations à l'utilisation de Vinted et la seconde main en général sont nombreuses. On retrouve évidemment des raisons économiques. En effet, acheter des vêtements de seconde main permet d'augmenter son pouvoir d'achat (les acheteurs peuvent gagner un peu d'argent et acquérir des pièces à prix moins élevés, d'autant plus sur des segments haut de gamme/luxe). Ensuite viennent les raisons esthétiques/mode : certains profils d'acheteuses recherchent un certain style, des pièces précises ou encore la perle rare *vintage* qu'elles auront plus de chance de trouver et de pouvoir acquérir sur un site de seconde main. Certaines utilisatrices ont en tête un acte d'achat responsable, et sont motivées par un passage à une mode circulaire, qui réduit l'impact de leur consommation en neuf et permet de faire un premier pas à leur niveau. Ces motivations amènent à des profils d'utilisateurs et d'utilisatrices très différents, mais où chacun se retrouve autour d'une démarche et d'une action similaire, qui leur fournit une solution, peu importe la raison initiale.

THÉMATIQUE 6

Nous ne sommes pas exclusivement sur le segment du luxe, notre plateforme se voulant inclusive et ouverte à tous les profils de membres, et à tous types de segments de prix, de catégories et de marques. Au vu de l'engouement autour de la seconde main sur tous les types de segments (luxe, vintage, *street wear*...), je ne pense pas qu'on puisse affirmer que la seconde main ne touche que des produits de luxe. Toutes les pièces de mode et tous les styles peuvent prétendre à une seconde vie !

THÉMATIQUE 7

Sur Vinted, il est en effet possible de trouver à la fois des articles d'entrée de prix comme des vêtements plus haut de gamme. Lorsque c'est le cas, nous encourageons fortement le vendeur à détailler le plus possible la description de l'article et confirmer son authenticité via des photos, des justificatifs ou encore des preuves d'achat par exemple. C'est une des raisons pour laquelle nous avons, depuis le début de l'année, permis la mise en ligne de vingt photos par annonce, par rapport à cinq avant. En cas de doute, les utilisateurs ont la possibilité de nous signaler l'article (soit sur la plateforme, soit suite à un achat) et nos équipes prennent le relais pour obtenir plus de renseignements et faire des vérifications. Les marques elles-mêmes peuvent aussi nous signaler des articles suspicieux et nous discutons avec certaines d'entre elles. En tant que vendeur, il peut aussi être utile de conserver des copies des preuves d'achat ou d'authenticité d'un article haut de gamme, avant d'en envoyer les originaux à l'acheteur.

THÉMATIQUE 8

Le marché de la seconde main a un avenir très prometteur ! C'est une tendance qui s'inscrit dans un mouvement sociétal et à réflexion environnementale globale, c'est l'un des segments de la mode qui connaît une croissance importante. Pour le moment, en ce qui concerne Vinted, nous nous concentrons sur le développement de la plateforme en Europe. Le marché de la mode d'occasion grandit mais a encore une large marge de progression et des opportunités de développement devant soi, avec des acteurs et des formats complémentaires.

Le défi est de continuer à le démocratiser, à faire en sorte qu'il continue de répondre aux attentes et aux questionnements de la société actuelle et qu'il ne perde pas de vue les enjeux auxquels il peut apporter des solutions.

THÉMATIQUE 9

Nous ne pouvons pas répondre à la place des autres plateformes de vente de seconde main, mais nous opérons dans un environnement très dynamique. C'est une bonne chose, peu importent les acteurs, tant qu'il nous motive à délivrer la meilleure expérience possible pour les utilisateurs. Cela passe par une offre variée accessible pour les acheteurs, un moyen de revendre des pièces non portées à des prix raisonnables pour les vendeurs, mais aussi par des investissements en innovation et technologies, autour de la confiance, la sécurité, l'apport d'un nouveau niveau de découverte et de perfectionnement pour nos membres. Il faut sans cesse se remettre en question, se réinventer pour répondre aux attentes de la communauté et des enjeux cités précédemment.

THÉMATIQUE 10

Il nous est difficile de parler au nom des marques elles-mêmes.

Entretien avec Graham Wetzbarger

Reçu le 29 avril 2020.

Graham Wetzbarger est à la tête de Luxury Appraisals & Authentication. Il a plus de dix ans d'expérience de l'arène de la revente de mode, et a travaillé pour Bag Borrow or Steam et The RealReal.

grahamwetzbarger.com

luxury-appraisals.com

THÉMATIQUE 1

J'achète des fripes et de la seconde main depuis aussi longtemps que je me souvienne. Mes parents étaient très attachés à ce que nous donnions nos vieux vêtements et articles ménagers, et nous faisions aussi nos courses dans ces magasins pour trouver des trésors. Ce pouvait être un accessoire pour une pièce de théâtre à l'école et un livre de poche à vingt-cinq cents, ou un meuble que nous ramenions à la maison et que nous remettions à neuf. C'était moins pour des raisons économiques que pour redonner.

Plus tard, alors que j'étais devenu un jeune homme qui avait plus de sens de la mode que d'argent, je me suis servi des magasins *vintage* et d'Internet en plein essor pour trouver des articles sympas que je ne pouvais en principe pas me permettre ou qui étaient introuvables dans ma ville. C'était un créneau très précis et, à ce stade, je pensais beaucoup plus à l'économie qu'aux responsabilités sociales.

Avance rapide jusqu'en 2010 : ma société, Bag Borrow or Steal se lance dans l'achat, la vente et le commerce, avec notre communauté de fervents collectionneurs de sacs à main. La revente (et les revendeurs) a toujours fait partie intégrante de l'univers des collectionneurs d'art, de voitures, de timbres, de vin, etc., et cela a toujours paru normal. Lorsque la mode commença elle aussi à être considérée comme un objet de collection, ce fut un tournant. Il y a dix ans, il n'y avait qu'un petit nombre d'archivistes, de conservateurs et de collectionneurs sérieux, et ils ont dû traiter avec des marchands très onéreux. Internet a changé cela et a permis aux petites entreprises en démarrage de fournir des stocks d'occasion à travers le monde, et ainsi, les gens ont commencé à s'en rendre compte. Comme toute tendance, les premiers à adopter une mode sont aussi les premiers à présenter l'idée au grand public. Bien que la mode soit toujours focalisée sur ce qui se passe durant *cette* saison, à cause des réseaux sociaux, l'autocuration est nécessaire et souhaitable pour se démarquer et être unique. La revente est de plus en plus une question de commerce.

THÉMATIQUE 2

La *fast fashion* a engendré une masse de clones et les réseaux sociaux ont diffusé leur contenu. Les fashionistas sérieuses étaient furieuses que la tenue pour laquelle elles avaient perdu cinq mille dollars et avec laquelle elles pensaient trouver une rentabilité sociale sur les réseaux sociaux soit rapidement disponible en plusieurs versions, dans le monde entier, pour une fraction du prix d'origine. Les gens ont vite compris qu'il fallait porter quelque chose d'autre qui ne pouvait pas être copié aussi rapidement qu'un défilé. L'ajout d'une pièce *vintage* à un ensemble montre vos préférences et une connaissance de la mode pointue, cela reste l'un des meilleurs moyens de montrer que votre look est unique.

THÉMATIQUE 3

Avant le commerce électronique, et principalement grâce à eBay, le *vintage*, c'était ce que l'on pouvait trouver localement ou lors de voyages. Cela signifie qu'on avait soit du mauvais bon marché, soit du très cher. Il n'y avait pas de « bourse à tout ». Une fois que les gens ont commencé à négocier en ligne et que les petites entreprises ont grandi, le marché s'est démystifié et un gros algorithme a été créé pour déterminer la qualité des articles sur le marché *vintage*, un peu comme pour l'immobilier, les voitures ou l'art. La mode est une denrée unique. Elle se décline en de multiples tailles et se dégrade rapidement car elle est objet de consommation.

THÉMATIQUE 4

Auparavant, le vendeur achetait du neuf et utilisait un canal de revente pour se débarrasser d'un objet dont il ne voulait plus. Ce revendeur était consciencieux et ambitieux. Le facteur de valeur est toujours là, mais on observe beaucoup plus de croisements entre acheteurs et vendeurs qu'avant. Je pense que c'est principalement une question d'accessibilité. Les gens revendent leurs affaires pour obtenir quelque chose qu'ils ne peuvent pas s'offrir en neuf. Cela peut être dû au prix mais aussi, plus généralement, à la saisonnalité. La mode évolue très vite et le client n'est pas toujours prêt. Je pense que les gens se félicitent de l'aspect « vert » de la seconde main, mais que seul un petit pourcentage d'entre eux vendent en ayant cet objectif en ligne de mire.

THÉMATIQUE 5

Je pense que nous verrons de plus en plus de marques et de commerces adopter le modèle de la seconde main. Les marques commencent à s'apercevoir que valoriser leurs collections passées n'est pas incompatible avec leur identité et que cela leur permet de promouvoir leur héritage.

THÉMATIQUE 6

J'ai parlé de l'algorithme de la demande sur le marché de la seconde main. Les noms de prestige détiennent la part du lion du marché de la revente. Si une marque n'est pas désirable sur le marché du neuf, c'est-à-dire si elle n'est pas très chère, alors, elle n'aura que très peu de valeur sur le marché de la seconde main. Non seulement les grands noms du luxe sont de qualité, avec des logos reconnaissables et des prix qui demeurent très hauts, mais ils sont également pérennes. Cela vaut pour des marques comme Chanel ou Nike. Leurs clients savent ce qu'ils achètent. Ils savent que les produits valent bien leur prix, aussi, acheter en seconde main est complètement à leur avantage.

Le prestige et la popularité des marques les rendent vulnérables à la contrefaçon. La vente de répliques de mauvaise qualité nuit vraiment à l'image et à l'intégrité d'une marque, car les gens deviennent plus prudents lorsqu'ils achètent d'occasion, en raison du risque accru d'arnaque. C'est un argument que de nombreuses entreprises de revente ont utilisé pour se différencier des contrées sauvages des plateformes C2C comme eBay, Facebook Marketplace, etc.

THÉMATIQUE 7

Mon travail est de défendre la vente de produits authentiques et de conseiller les plateformes de vente qui ont des problèmes de contrefaçon. Je travaille également avec des groupes commerciaux dont la mission est de protéger la propriété intellectuelle des ayants droit. Pendant des années, j'ai appris à distinguer le vrai du faux en étudiant le vrai, en connaissant les marques, leurs fabricants et leurs fournisseurs. J'ai ensuite enseigné et encadré la prochaine génération d'experts qui utilisent la même méthodologie pour identifier les baskets et les vêtements *street wear* contrefaits, pas uniquement les produits de luxe. Sur les trente marques les plus contrefaites, vingt sont des enseignes de vêtements et dix, seulement, des marques de luxe. Les marques ont répété à maintes reprises qu'elles seules pouvaient authentifier leurs produits, mais elles refusaient d'offrir ce service à leurs clients. Au cours des vingt dernières années, lors de successions et de créations de fondations d'artistes, elles ont également refusé d'authentifier des biens pour des raisons de responsabilité civile. Je pense donc que l'avenir réside dans les experts indépendants, à la fois humains et technologiques. Si nous voulons vraiment lutter contre cette épidémie qu'est la contrefaçon, nous devons nous attaquer davantage au marché des vêtements de luxe et changer la mentalité du consommateur, afin qu'il cesse d'acheter du faux. Aux États-Unis, acheter ou transporter un produit contrefait n'est toujours pas un délit. Si vous êtes pris à vendre de la contrefaçon sur une plateforme, il y a très peu de conséquences et les autorités ne seront même pas impliquées.

THÉMATIQUE 8

À l'avenir, le marché va continuer de s'épanouir et le stigma va peu à peu disparaître. La *fast fashion* et le marché de première main sont en difficulté, en ce moment, et nous verrons sans doute de nombreuses fermetures de magasins dans un futur proche. La revente va probablement remplir le vide que ces enseignes laisseront. En raison de la durabilité et des problèmes de tailles, les gens donnent de plus en plus leurs produits au lieu de les jeter et une nouvelle génération de revendeurs émerge. Si les pays occidentaux cessent de rejeter des produits usagés sur les marchés émergents, peut-être que des marchés locaux se reformeront que l'industrie artisanale réapparaîtra. La transparence de la chaîne d'approvisionnement est un sujet brûlant, en ce moment. Ce serait vraiment un progrès que les entreprises locales approvisionnent les pays occidentaux, plutôt que les États-Unis continuent de noyer le tiers-monde sous leurs ordures.

THÉMATIQUE 9

Si nous regardons l'histoire du commerce de vêtements depuis cent quatre-vingts ans, nous voyons que les pionniers sont aussi ceux qui perdurent. Nous savons également qu'il y a de la place pour l'innovation et que c'est ce qui fait évoluer le marché. Dernièrement, ce sont les demandes sociopolitiques des consommateurs qui changent comment, où et pourquoi on consomme des produits de mode. La revente peut s'adapter à n'importe quel marché ou modèle, tant que ceux qui dirigent peuvent s'adapter aussi. Qui aurait pensé, il y a vingt ans, que Sears, Barneys, Penny, Neiman et Macy's pouvaient disparaître ?

THÉMATIQUE 10

Les créateurs ont toujours acheté des articles *vintage* pour l'inspiration, mais seuls quelques-uns réutilisent des vêtements ou des rebuts. Je pense que ces techniques vont connaître un essor dans un futur proche. Je crois que « transparence » et « responsabilité » ne seront plus seulement des mots à la mode, mais seront également utilisés pour renforcer l'identité et l'héritage des marques.

RÉFLEXIONS LIBRES

Les vêtements sont légers, c'est pourquoi on peut les expédier dans le monde entier durant leur fabrication, parfois plusieurs fois, sans parler de leur seconde vie sur le marché de la revente. La consommation d'énergie pour le transport de ces marchandises est un problème grave et qu'il faut examiner, de même que celui des expéditions et transports pour d'autres produits du marché de la seconde main, comme les meubles. C'est tout le problème de vivre dans un monde plus petit, grâce à Internet. Nous sommes maintenant habitués à ce qu'un produit provenant de l'autre côté du monde arrive chez nous en deux jours.

Bibliographie

→ ARENDT, Hannah, *La Condition de l'homme moderne*, trad. Georges Fradier, Paris, Calmann-Lévy, 1961.

→ BARTHES, Roland, *Système de la mode*, Paris, Le Seuil, 1967.

→ BAUMAN, Zygmunt, *S'acheter une vie*, Paris, Jacqueline Chambon, 2008.

→ BELDJERD, Sofian, « Prendre le contretemps à contre-pied ou comment s'accommoder de vêtement "hors mode" ou démodé », *Sociologie et sociétés*, volume 43, numéro 1, 2011, p. 73-96.

→ BERGSON, Henri, *Le Rire*, Paris, Presses universitaires de France, 1990.

→ BÉZARD, Catherine, *La Mode pour les nuls*, Paris, First, 2012.

→ BINNET, Violaine, « La seconde main ou l'avenir de la mode », *L'Express*, 27 février 2020.

→ BOQUET, Guy, « Daniel Roche, la culture des apparences, une histoire du vêtement (XVIIe-XVIIIe siècles), compte rendu », *Revue d'histoire moderne et contemporaine*, 1991, tome 38, numéro 4, p. 677-681.

→ BOURDIEU, Pierre, DELSAUT, Yvette, « Le couturier et sa griffe : contribution à une théorie de la magie », *Actes de la recherche en sciences sociales*, numéro 1, 1975.

→ CHARPY, Manuel, « Formes et échelles du commerce d'occasion au XIXe siècle, l'exemple du vêtement à Paris », *Revue d'histoire du XIXe siècle*, 2002, p. 125-150.

→ CHARPY, Manuel, « Le marché de la fripe aux XIXe et XXe siècles », conférence donnée à l'Institut français de la mode, le 3 mars 2017.

→ DELAPORTE, Yves, « Pour une anthropologie du vêtement », *Actes des journées de rencontre des 2 et 3 mars 1979*, Muséum national d'histoire naturelle, 1981, p. 3-13.

→ DENIS, Marie-Noële, « Daniel Roche, la culture des apparences, une histoire du vêtement (XVIIe-XVIIIe siècles), *Revue des sciences sociales*, 2015, numéro 52, p. 164-165.

→ DOUCET, Marie-Chantal, *Solitude et sociétés contemporaines : une sociologie clinique de l'individu et du rapport à l'autre*, Québec, Presses de l'université du Québec, 2007.

→ ÉCHIVARD, Jean-Baptiste, *La culture nous aide-t-elle à vivre ?*, Paris, Artège, 2012.

→ ESPINASSE, René, *Les Métiers et corporations de la Ville de Paris : XIV-XVIIIe siècles*, Paris, Imprimerie nationale, 1892.

→ GAUFFRE FAYOLLE, Nadège, « Les freppes : une décoration du vêtement à la fin du Moyen Âge », *Histoire et images médiévales, Le costume et la mode au Moyen Âge*, novembre 2006, p. 66-70.

→ GRAU, François-Marie, *Histoire du costume*, Paris, Presses universitaires de France, 2007.

→ GUICHARD, Charlotte, *La Griffe du peintre : la valeur de l'art (1730-1820)*, Paris, Le Seuil, 2018.

→ KING MERTON, Robert, « The Self-Fulfilling Prophecy », *The Antioch Review*, numéro 8, 1948.

→ KREMER, Nathalie, *Traverser la peinture : Diderot-Baudelaire*, Boston, Brill-Rodopi, 2018.

→ LE ROY LE MARREC, Manon, « Le dernier défilé Jean Paul Gaultier, on y était », *Madame Figaro*, 23 janvier 2020.

→ MCKINZEY & COMPANY, *The State of Fashion 2019*, 2019.

→ MÉADEL, Cécile, « Le marché eBay : qualification croisée des biens et des personnes », *Hermès, la revue*, janvier 2006, numéro 44, p. 79-84.

→ MILLERET, Guénolée, *Haute Couture, histoire de l'industrie de la création française*, Paris, Eyrolles, 2015.

→ ROUTIER, Marcelle, MORGAN, Michèle, *Avec ces yeux-là*, Paris, Robert Laffont, 1977.

→ SAILLARD, Olivier, *Le Bouquin de la mode*, Paris, Robert Laffont, 2019.

→ SIMMEL, Georg, « La mode » (1895), *in La Tragédie de la culture*, Paris, Rivages, 1993.

→ TODOROV, Tzvetan, « De la reconnaissance à l'estime de soi », *Sciences humaines*, numéro 131, octobre 2002.

Remerciements

Ce livre est le fruit d'une longue aventure dans la mode *vintage*. Je n'aurais jamais eu l'audace de me lancer dans les enchères de mode *vintage* sans le soutien indéfectible de mon époux, Louis Vassy. Je le remercie de croire en moi chaque jour. Je me souviens encore avec émotion de ma première vente (en juillet 2013), organisée avec l'aide bienveillante de mon beau-père, Maître Bernard Vassy.
Je remercie chaleureusement tous les interviewés et les équipes ayant participé à la réalisation des entretiens : Jérôme Lalande, Dominique Chombert et Françoise Sternbach, Pénélope Blanckaert, Claire Chassine-Lambert, Kerry Taylor, Graham Wetzbarger, Cameron Silver de Decades, Charles Gorra, Elizabeth Layne, James Firestein de Rebag, Isabelle Klein et Aliénor Tournier des Merveilles de Babellou, Camille Gabbi et Ariane de Béchade d'Imparfaite, Johanna Eggers de Rebelle, Sara Bennani de Collector Square, Laurie Mestchersky et Sofia Bernardin de Re-SEE, Victoire Boyer Chammard, Sophie Hersan, Maï-Linh Fray, Anna Toppani de Vestiaire Collective, May Berthelot, Caroline Grangie, Leila Albaoui de Videdressing, Natacha Blanchard, Oriane Chastel, Anne Perrot de Vinted.

Je remercie sincèrement Beverly Sonego pour cette préface enthousiaste, fraîche et inspirante ; merci à Ornella Perez et à toute l'équipe de Monogram Paris pour leur soutien à cet ouvrage.

Je remercie ma maison d'édition, Kiwi, pour son écoute, son professionnalisme et son suivi. Merci à Katia Kaloun d'avoir été la première à me féliciter pour mon travail et d'en avoir compris la profondeur : ces mots d'encouragement ont été des étoiles précieuses dans le ciel de ma vie. Merci à Anne Bianchin d'avoir fait vibrer mes mots en les magnifiant. Merci à Elya Journo d'avoir porté magnifiquement mon livre. Merci à Charlotte Thomas d'avoir superbement illustré mon propos. Merci à Édouard Frison-Roche d'avoir défendu aussi passionnément mon projet.

Notes

Notes

Notes

Notes

Dépôt légal : mai 2021.

Achevé d'imprimer en France par
la Nouvelle Imprimerie Laballery en mai 2021.

N° d'impression : 104800

La Nouvelle Imprimerie Laballery est titulaire du label Imprim'Vert.